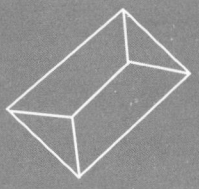

CARTA
A MINHA
FILHA

MAYA ANGELOU

CARTA A MINHA FILHA

7ª **edição**

Tradução Celina Portocarrero
Prefácio Conceição Evaristo

EDITORA
NOVA
FRONTEIRA

Título original: *Letter to My Daughter*
Copyright © 2008 by Maya Angelou

Esta tradução foi publicada mediante acordo com a Random House, selo e parte do grupo Penguin Random House LLC.

Direitos de edição da obra em língua portuguesa no Brasil adquiridos pela Editora Nova Fronteira Participações S.A. Todos os direitos reservados. Nenhuma parte desta obra pode ser apropriada e estocada em sistema de banco de dados ou processo similar, em qualquer forma ou meio, seja eletrônico, de fotocópia, gravação etc., sem a permissão do detentor do copirraite.

Editora Nova Fronteira Participações S.A.
Av. Rio Branco, 115 – Salas 1201 a 1205 – Centro – 20040-004
Rio de Janeiro – RJ – Brasil
Tel.: (21) 3882-8200

Dados Internacionais de Catalogação na Publicação (CIP)

A584c   Angelou, Maya (1928-2014)

           Carta a minha filha/Maya Angelou; traduzido por Celina Portocarrero. – 7. ed. – Rio de Janeiro: Nova Fronteira, 2024.

           Prefácio por Conceição Evaristo
           Título original: *Letter to My Daughter*

           ISBN: 978.65.5640.840.8

           1. Literatura americana – ensaios. I. Portocarrero, Celina. II. Título.

                                     CDD: 810
                                     CDU: 821.111(73)

André Queiroz – CRB-4/2242

Conheça outros
livros da editora:

*Meus agradecimentos a algumas mulheres
que cuidaram de mim como mães ao longo de
dias escuros e dias ensolarados:*

ANNIE HENDERSON
VIVIAN BAXTER
FRANCES WILLIAMS
BERDIS BALDWIN
AMISHER GLENN

*Meus agradecimentos a uma mulher que permitiu que eu
fosse uma filha para ela até hoje:*

DRA. DOROTHY HEIGHT

*Meus agradecimentos às mulheres que não nasceram de
mim, mas que me deixaram cuidar delas como mãe:*

OPRAH WINFREY
ROSA JOHNSON BUTLER
LYDIA STUCKEY
VALERIE SIMPSON
CONSTANCIA ROMILLY

Sumário

Convocação à ternura 9
1 Casa 17
2 Filantropia 21
3 Revelações 27
4 Dando à luz 31
5 Acaso, coincidência ou preces atendidas 35
6 Dizer a verdade 43
7 Vulgaridade 47
8 Violência 49
9 Mamãe e sua visão de longo alcance 53
10 Marrocos 59
11 *Porgy e Bess* 63
12 Bob e Decca 69
13 Celia Cruz 77
14 Fannie Lou Hamer 79
15 Senegal 83
16 A eterna tela prateada 87
17 Em legítima defesa 91
18 Sra. Coretta Scott King 95
19 Condolências 99
20 No vale da humildade 101

21 Espírito nacional 111
22 Recuperando as raízes sulistas 113
23 Sobrevivendo 117
24 Saudação aos amantes mais velhos 121
25 Endereço de início 125
26 Poesia 131
27 Mt. Zion 137
28 Manter a fé 141

Convocação à ternura

Mais uma obra de Maya Angelou está disponível para o público brasileiro, o que nos permite conhecer um pouco melhor uma das escritoras afro-americanas mais potentes de nosso tempo.

Maya Angelou continua entre nós. Seus escritos, romances, poemas e discursos políticos relativos à luta pelos direitos civis e pela liberdade dos afro-americanos ainda podem nortear reflexões necessárias aos movimentos de inserção de indivíduos e grupos sociais em sociedades excludentes como a brasileira.

Um dos aspectos da trajetória da autora é que ela talvez tenha encarnado ao longo da vida a máxima: *"Hay que endurecerse, pero sin perder la ternura jamás"*, atribuída ao revolucionário Che Guevara.

Carta a minha filha, obra publicada primeiramente nos Estados Unidos em 2008, seis anos antes do falecimento da escritora, nos parece um testemunho de luta. É a confissão de quem se comprometeu com as questões de seu tempo e dedicou a vida a empreender uma luta coletiva e pessoal, vencendo obstáculos particulares desde a infância, para se tornar protagonista da própria história. Esta obra pode ser lida também como uma louvação à vida.

O livro é estruturado em 28 partes, cujos relatos são autônomos em seus significados, mas, como um todo, narram as memórias, as constatações, as dúvidas e as certezas de uma pessoa que pretende dividir sua experiência de vida com outras. *Carta a minha filha* evoca o tempo pessoal de Maya Angelou e nos permite vislumbrar a História do tempo em que ela viveu.

Abrindo o livro, "Casa" é um texto dedicado à gratidão à sua longevidade. Maya escreve: "Minha vida está sendo longa...", e, como agradecimento, ela efetua um gesto de ternura em relação às mulheres. A escritora busca tecer uma rede em que as mulheres do passado — avó, mãe, amigas — se fundem ao presente, como fios entretecidos, todas, indistintamente. Angelou as reconhece como mães e filhas marcadas sempre por atos de carinho, de cuidado umas com as outras, dizendo: "[...] tenho milhares de filhas. Vocês são negras e brancas, judias e muçulmanas, asiáticas, falantes de espanhol, nativas da América [...], e estou falando com todas vocês. Eis aqui minha oferenda." Esse primeiro texto pode ser lido também como uma provocação. Pergunta-se onde está a casa, a moradia, o local íntimo de pertença de cada pessoa. Questiona-se sobre o que seria a casa, para além da construção física, da habitação, de cada indivíduo.

Essa ideia é retomada em "Recuperando as raízes sulistas", quase no final da obra, que deixa entrever que ninguém abona a "casa", ninguém extirpa de si as suas raízes. E, se o faz, há o gesto desesperador de procura, o desejo de encontrar ou reencontrar o ponto original e íntimo, sempre. É o que Maya Angelou concluiu ao escrever sobre a recuperação de suas raízes: "Compreendi que nunca poderei me esquecer de onde venho. Minha alma sempre olhará para trás e se maravilhará com as montanhas que escalei, os rios que atravessei e os desafios que ainda me esperam pela estrada. Essa compreensão me fortalece."

Dirigindo-se às mulheres, Maya lhes oferece consolação e afirma uma benevolência com a própria vida ao reconhecer seus erros. Pode-se ler essa sincera afirmativa: "Cometi muitos erros, e sem dúvida ainda cometerei outros antes de morrer. [...] aprendi a aceitar minha responsabilidade e a me perdoar primeiro." E, para além do perdão a si própria, ela, a mulher a quem o tempo concedeu sabedoria generosamente oferece conselhos, convocando a coragem de suas filhas.

Maya ensina que elas nunca devem se lamentar, pois o lamento expõe o lugar de fragilidade da vítima: "Nunca se lamente. Lamentos fazem com que um animal saiba que há uma vítima nas imediações".

Uma geografia afetiva é reconstituída pela prosa e pelos poemas que aparecem no livro. Situações e lugares da infância, da juventude, da vida adulta e da maturidade vão sendo descritos aos poucos. A dor vai sendo expurgada no momento da escrita, experiência já vivida por Maya Angelou em outros momentos de criação literária, notadamente quando escreveu a narrativa autobiográfica *Eu sei por que o pássaro canta na gaiola.*

Relembrando a infância por meio de um olhar que capta a vivência das últimas oito décadas, a autora revela seus sofrimentos enquanto criança negra criada no Sul dos Estados Unidos. Ali, reduziam-se "adultos negros a anões psicológicos", pois as crianças brancas pobres tinham permissão para se dirigir a negros mais altos e mais velhos pelo primeiro nome ou por qualquer outro nome que quisessem inventar".

O desprezo pelas pessoas negras pautava as relações raciais do Sul e era praticado inclusive pelas crianças, o que contrariava os princípios que Maya Angelou vivia em casa. Dentre vários ensinamentos, aprendera com a avó "que era grosseria uma pessoa jovem ficar em pé ou mesmo sentar-se em local mais alto do que uma pessoa mais velha". Por isso, em uma de suas viagens, a escritora também ficou de cócoras para conversar com um grupo de homens mais velhos que estavam nessa posição, conforme o relato intitulado "Marrocos".

Nas narrativas que compõem o livro, a autora, como figura mais velha, tão valorizada nas culturas africanas e nas afro-diaspóricas, podia ser a relembrança de sua avó, Annie Herderson, e de sua mãe, Vivian Baxter, quando essa envelheceu também. Maya Angelou se transforma naquela que tem experiência para contar e sabe dar conselhos, relembrando aqui o estudo de Walter Benjamim.[1]

Angelou cuida dos artifícios de sua escrita: usa linguagem e técnica de uma contadora de histórias. Ela atormenta o desejo das ouvintes (no caso, leitoras) ansiosas

---

[1] BENJAMIN, W. "O narrador. Considerações sobre a obra de Nikolai Leskov." In: _____. *Magia e técnica, arte e política. Obras escolhidas.* São Paulo: Brasiliense, 1987.

para saberem o desfecho do fato que está sendo contado e surpreende quem lê. Como no texto "Acaso, coincidência ou preces atendidas". Ou também na já citada narrativa "Marrocos", que teve origem em um episódio vivido pela escritora em uma de suas viagens É só ao fim da leitura que a verdade dos acontecimentos pode ser apreendida.

Com uma linguagem fácil, sem rebuscamento e em vários momentos irônica e poética, percebe-se uma escrita em que se destaca a fé cristã. Entretanto não há intenção alguma de catequizar ou convencer alguém. É, sim, uma confissão de fé à vida, apesar do sofrimento, da dor e das angústias que atingem o ser humano. É uma declaração de fé vivida no coletivo, no engajamento em igrejas e associações religiosas comprometidas com a afirmação dos direitos civis e da liberdade dos negros estadunidenses.

Em destaque, um fragmento do texto "Porgy e Bess", em que a poeticidade da escrita de Angelou aparece grafada, assim como seu sentimento religioso:

> O navio da minha vida pode ou não estar navegando por mares calmos e tranquilos. Os dias desafiadores da minha existência podem ou não ser brilhantes e promissores. Em dias tempestuosos ou ensolarados, em noites gloriosas ou solitárias, mantenho uma atitude de gratidão. Se insisto em ser pessimista, há sempre o amanhã.
> Hoje eu sou abençoada.

Maya Angelou também relata sua inserção na luta coletiva, além de descrever a convivência pessoal com líderes religiosos, políticos e poetas da época, como Martin Luther King e James Baldwin. Esses e outros ícones das lutas sociais e artísticas aparecem citados nos escritos de Maya. O encantamento da escritora pela poesia, não só como criação artística, mas como discurso poético que conclame a assunção da identidade negra, aparece nos diálogos que ela faz com os poemas de Aimé Césaire, Mari Evans, Countee Cullen, entre outros.

Várias passagens do livro remetem a discussões que estão na pauta do dia da sociedade brasileira: racismo, violência doméstica, estupro, incerteza quanto aos rumos da política nacional etc.

Entretanto, como a escrita de Maya Angelou muitas vezes é uma convocação à ternura e ao afeto, apesar da dor, ninguém constrói irmandade sem confiar, sem esperar, sem acreditar no acolhimento e na generosidade da outra pessoa e do mundo. Angelou afirma em "Filantropia" que aprendera no primeiro sorriso direcionado à mãe que ela "podia ser uma doadora apenas oferecendo um sorriso a outra pessoa".

Talvez por isso a escritora encerre a obra evocando a imagem de sua avó, "cantando um longo hino, algo entre um lamento e uma canção de ninar". Dor e acalanto, sentimentos que a literatura de Maya Angelou é capaz de provocar.

Leiamos, pois.

Conceição Evaristo

Querida filha,

Esta carta levou um tempo enorme para se formar. Durante todo esse tempo eu soube que queria lhe contar algumas lições que aprendi e em que condições as aprendi.

Minha vida está sendo longa, e, acreditando que a vida ama quem a vive, ousei tentar muitas coisas — às vezes tremendo, mas ainda assim ousando. Só incluí aqui fatos e lições que considerei úteis. Não contei de que modo usei as soluções, pois sei que você é inteligente, criativa e cheia de recursos, e que as usará como lhe convier.

Você encontrará neste livro relatos sobre amadurecimento, emergências, uns poucos poemas, algumas histórias leves para fazê-la rir e algumas para fazê-la meditar.

Houve gente na minha vida que teve boa vontade comigo e me ensinou lições valiosas, e houve quem tivesse má vontade e me desse inúmeros avisos de que meu mundo não seria feito apenas de pêssegos e creme.

Cometi muitos erros, e sem dúvida ainda cometerei outros antes de morrer. Quando vi dor, quando descobri que minha incompetência havia provocado insatisfação, aprendi a aceitar minha responsabilidade e a me perdoar primeiro e, depois, me desculpar com quem tivesse sido magoado por meus erros. Como não posso desviver a história e como o arrependimento é tudo o que posso oferecer a Deus, tenho esperança de que minhas sinceras desculpas sejam aceitas.

Você não pode controlar todos os fatos que acontecem em sua vida, mas pode decidir não ser diminuída por eles. Tente ser um arco-íris na nuvem de alguém. Não se queixe. Faça todo o esforço possível para modificar aquilo de que não gosta. Se não puder mudar algo, mude a maneira como pensa. Talvez você encontre uma nova solução.

Nunca se lamente. Lamentos fazem com que um animal saiba que há uma vítima nas imediações.

Tenha a certeza de que não vai morrer sem ter feito algo maravilhoso pela humanidade.

Eu dei à luz uma criança, um filho, mas tenho milhares de filhas. Vocês são negras e brancas, judias e muçulmanas, asiáticas, falantes de espanhol, nativas da América e das ilhas Aleutas. Vocês são gordas e magras, lindas e feias, gays e héteros, cultas e iletradas, e estou falando com todas vocês. Eis aqui minha oferenda.

1
Casa

Nasci em Saint Louis, no Missouri, mas a partir dos três anos cresci em Stamps, no Arkansas, com minha avó paterna, Annie Henderson, com o irmão do meu pai, tio Willie, e com meu único irmão, Bailey.

Aos 13 anos, fui morar com minha mãe em São Francisco. Depois, fui estudar em Nova York. Ao longo dos anos, vivi em Paris, Cairo, África Ocidental e em todos os Estados Unidos.

Esses são fatos, mas fatos, para uma criança, são apenas coisas para memorizar: "Meu nome é Johnny Thomas. Meu endereço é Center Street, número 220." Todos fatos, que pouco têm a ver com a verdade da criança.

Meu mundo real, ao crescer em Stamps, foi uma luta contínua contra um estado de rendição. Rendição, em primeiro lugar, aos seres humanos adultos que eu via todos os dias, todos negros e muito grandes. Depois, submissão à ideia de que gente negra é inferior a gente branca, que eu raramente via.

Sem saber exatamente por quê, eu não acreditava ser inferior a quem quer que fosse, talvez com exceção do meu irmão. Eu sabia que era esperta, mas também sabia que Bailey era mais do que eu, talvez porque ele me lembrasse disso com frequência e até sugerisse que poderia ser a pessoa mais esperta do mundo. Ele chegou a essa conclusão aos 9 anos.

O Sul, em geral, e Stamps, em particular, tinham passado por centenas de anos de experiência em reduzir até grandes adultos negros a anões psicológicos. Crianças brancas pobres tinham permissão para se dirigir a negros mais altos e mais velhos pelo primeiro nome ou por qualquer outro nome que quisessem inventar.

Thomas Wolfe advertiu, no título do grande romance americano, que "você não pode voltar para casa".[1] Gostei do livro, mas nunca concordei com o título. Acredito que nunca deixamos nossa casa. Acredito que carregamos as sombras, os sonhos, os medos e os monstros de casa debaixo da pele, nos cantos externos dos olhos e talvez na cartilagem do lóbulo da orelha.

Casa é aquela região juvenil na qual uma criança é o único habitante real. Pais, irmãos e vizinhos são aparições misteriosas que vêm, vão e fazem coisas estranhas e insondáveis em torno da criança e com ela, o único cidadão emancipado da região.

---

[1] Wolfe, Thomas (1900-1938), *You Can't Go Home Again*: Nova York: Harper & Brothers, 1940. Sem tradução no Brasil. (N. da T.)

A geografia, como tal, tem pouco significado para a criança enquanto observadora. Se alguém cresce no sudoeste, o deserto e o céu aberto são normais. Nova York, com seus elevadores, o ronco do metrô e seus milhões de pessoas, e o sudeste da Flórida, com suas palmeiras, seu sol e suas praias, são, para as crianças dessas regiões, o modo como o mundo exterior é, foi e sempre será. Como a criança não pode controlar o meio ambiente, precisa encontrar seu próprio lugar, uma região em que só ela vive e ninguém mais pode entrar.

Estou convencida de que a maioria das pessoas não cresce. Encontramos vagas no estacionamento e pagamos nossos cartões de crédito. Casamos e ousamos ter filhos, e chamamos isso de crescer. Acho que o que fazemos é, na maioria das vezes, envelhecer. Levamos o acúmulo dos anos em nossos corpos e nossos rostos, mas, em geral, nosso verdadeiro eu, a criança interior, ainda é inocente e tímido como as magnólias.

Podemos agir de modo sofisticado e comum, mas acredito que nos sentimos mais seguros quando dentro de nós mesmos encontramos nossa casa, um lugar ao qual pertencemos e talvez o único que realmente criamos.

2
Filantropia

Escrever sobre doar para uma pessoa que é por natureza generosa faz-me pensar num regente comandando apaixonadamente um coral já dedicado. Sou encorajada a escrever porque me lembro de que, de tempos em tempos, o coral precisa ser incentivado e ouvir agradecimentos por sua dedicação. Aquelas vozes precisam ser encorajadas a cantar outras vezes, com uma emoção ainda maior.

Cada doador americano mantém viva a Sociedade Americana contra o Câncer, a Cruz Vermelha, o Exército da Salvação, a Associação para o Controle da Anemia Falciforme, a Sociedade Judaica Americana, a Associação Nacional para o Avanço das Pessoas de Cor e a Liga Urbana. A lista de doadores inclui também fundações de igrejas, programas de sinagogas, associações de templos muçulmanos, santuários budistas, grupos, associações de funcionários e de bairros, clubes sociais. As maiores quantias, no entanto, vêm dos filantropos.

A palavra "filantropia" é derivada de duas palavras gregas: *philo*, amante de, *anthro*, humanidade. Então, filantropos são pessoas que amam a humanidade. Eles constroem imponentes edifícios onde as pessoas trabalham e se divertem. Doam enormes quantias para apoiar organizações que ofereçam melhores condições de saúde e educação à sociedade. São os principais patronos das artes.

A menção à filantropia gera sorrisos, seguidos da sensação de receber inesperada ajuda de uma fonte generosa mas anônima.

Há os que gostariam de se ver como filantropos. Filantropos são muitas vezes representados por comitês e delegações. Não têm contato com os beneficiados por sua generosidade. Prefiro pensar em mim mesma como caridosa. O caridoso, na verdade, diz: "Eu pareço ter mais do que preciso e você parece ter menos do que precisa. Gostaria de dividir com você o meu excesso." Tudo bem se o meu excesso for tangível, dinheiro ou mercadorias, e tudo bem se não for, porque aprendi que ser caridosa com gestos e palavras pode trazer enormes alegrias e curar mágoas.

Minha avó paterna, que me criou, teve notável influência sobre minha forma de ver o mundo e de perceber meu lugar nele. Ela era a imagem da dignidade. Falava baixo e andava devagar, com as mãos para trás, os dedos entrelaçados. Eu a imitava tão bem que os vizinhos me chamavam de sua sombra.

— Irmã Henderson, vejo que a senhora trouxe de novo a sua sombra.

Vovó olhava para mim e sorria.

— Bem, acho que você tem razão. Se eu paro, ela para. Se eu ando, ela anda.

Quando fiz 13 anos, minha avó me levou de volta à Califórnia, ao encontro da minha mãe, e retornou imediatamente para o Arkansas. A casa da Califórnia ficava a um mundo de distância daquela casinha no Arkansas na qual cresci. Minha mãe usava o cabelo liso e muito curto. Minha avó não acreditava em ferros quentes para encaracolar os cabelos femininos, então eu cresci usando tranças. Vovó ligava nosso rádio para ouvir notícias, música religiosa, *Gang Busters* e *The Lone Ranger*. Na Califórnia, minha mãe usava batom e blush e botava para tocar, alto, jazz e blues numa vitrola. Sua casa era cheia de gente que ria muito e falava alto. Eu definitivamente não pertencia àquele lugar; andava por aquela atmosfera mundana com as mãos cruzadas às costas, o cabelo puxado para trás numa trança apertada, cantando baixinho uma canção cristã.

Minha mãe me observou por cerca de duas semanas. Então tivemos o que ficaria conhecido como "uma conversa séria".

Ela disse:

— Maya, você me recrimina por eu não ser como a sua avó. É verdade. Não sou. Mas eu sou sua mãe e estou me sacrificando para comprar boas roupas para você, lhe dar uma boa comida e manter este teto acima da sua cabeça. Quando você vai à escola, a professora sorri para você e você sorri de volta. Outros alunos que você nem conhece sorriem e você sorri. Por outro lado, eu sou sua mãe. Eu lhe digo o que quero que você faça. Se você pode se obrigar a pôr um sorriso no rosto para estranhos, faça isso para mim. Prometo ficar grata. — Ela colocou a mão em meu rosto e sorriu. — Vamos, meu bem, sorria para a mamãe. Vamos.

Ela fez uma cara engraçada, e, contra a vontade, eu sorri. Ela me beijou e começou a chorar.

— É a primeira vez que eu vejo você sorrir. É um sorriso lindo. A linda filha da mamãe sabe sorrir.

Eu nunca tinha sido chamada de linda e ninguém, que eu me lembrasse, tinha me chamado de filha. Naquele dia, aprendi que podia ser uma doadora apenas oferecendo um sorriso a outra pessoa. Os anos seguintes me ensinaram que uma palavra amável, uma manifestação de apoio, é um presente caridoso. Posso chegar para o lado e dar lugar a mais uma pessoa. Posso aumentar minha música se isso agradar, ou abaixá-la se estiver incomodando.

Posso jamais ser conhecida como filantropa, mas com certeza sou uma pessoa que ama a humanidade e doarei espontaneamente meus recursos.

Fico feliz ao me descrever como caridosa.

3
Revelações

Aqueles deviam ser os dias da Revelação. Os dias profetizados por João, o Revelador. A terra tremeu quando os trens trovejaram para cima e para baixo em seu ventre negro. Carros particulares, táxis, ônibus, trens de superfície, caminhonetes de entrega, caminhões misturadores de cimento, carretas de entrega, bicicletas e skates ocuparam o ar com buzinas, apitos, rugidos, batidas, gritos e assobios, até que o próprio ar pareceu grosso e encaroçado como molho malfeito.

Gente de toda parte, falando todas as línguas conhecidas, veio para a cidade ver o fim e o começo do mundo.

Eu queria esquecer a enormidade do dia, então fui ao armazém da 5 & Dime na Fillmore Street. Era uma loja imensa, onde os sonhos ficavam pendurados em mostruários de plástico. Eu já tinha ido até lá e andado para cima e para baixo pelos seus corredores mais de mil vezes. Conhecia sua magia sedutora. Das combinações de lingerie de náilon com peitos de papelão ao balcão de cosméticos em que batons e esmaltes eram frutas cor-de-rosa e vermelhas e verdes e azuis caídas de uma árvore de arco-íris.

Assim era a cidade quando eu tinha 16 anos e era nova como o amanhecer.

O dia era tão importante que eu chegava a ficar sem ar.

Um garoto que morava uma rua depois da minha andava pedindo para ter intimidades comigo. Eu recusava fazia meses. Ele não era meu namorado. Nem mesmo estávamos ficando.

Foi nessa época que percebi a traição do meu corpo. Minha voz se tornou grave e rouca, e minha imagem nua no espelho não dava sinais de que algum dia se tornaria feminina e curvilínea.

Eu já media 1,80m e não tinha seios. Achei que talvez, se tivesse relações sexuais, meu corpo rebelde cresceria e se comportaria como o esperado.

Naquela manhã, o garoto telefonou e eu disse sim. Ele me deu um endereço e disse que me encontraria lá às oito horas. Eu disse sim.

Um amigo tinha lhe emprestado o apartamento. No instante em que o vi na porta, percebi que tinha feito a escolha errada. Não houve palavras afetuosas, nenhuma carícia excitante foi trocada.

Ele me mostrou um quarto, onde nós dois nos despimos. O encontro desajeitado mal chegara a 15 minutos e eu já estava vestida e na porta da frente.

Não me lembro de ter dito "até logo".

Lembro-me de ter descido a rua perguntando a mim mesma se aquilo era tudo e desejando um demorado banho de banheira. Tomei o banho, e aquilo não foi tudo.

Nove meses depois, tive um lindo menino. O nascimento do meu filho teve como resultado me fazer criar coragem suficiente para inventar minha vida.

Aprendi a amar meu filho sem querer tomar posse dele e aprendi a ensiná-lo a aprender sozinho.

Hoje, mais de quarenta anos depois, quando olho para ele e vejo o homem maravilhoso que ele se tornou, marido e pai amoroso, bom poeta e ótimo romancista, cidadão responsável e o melhor filho do mundo, agradeço ao Criador por ele me ter sido dado. A revelação é que aquele dia, há tanto tempo, foi o melhor dia da minha vida — Aleluia!

4
Dando à luz

Meu irmão, Bailey, me disse para manter a gravidez em segredo para minha mãe. Disse que ela me tiraria da escola. Eu estava quase terminando o colégio. Bailey disse que eu precisava ter um diploma do ensino médio antes de mamãe voltar de Nome, no Alasca — onde ela e o marido tinham uma boate —, para São Francisco.

Recebi meu diploma num Dia da Vitória, que também era o aniversário do meu padrasto. Ele me deu tapinhas nos ombros naquela manhã e disse:

— Você está crescendo e se tornando uma bela moça.

Pensei que deveria, mesmo, já que estava grávida de oito meses e uma semana.

Após um saudável jantar de comemoração do aniversário dele, minha formatura e uma vitória nacional, deixei um bilhete em seu travesseiro, dizendo: "Papai, sinto muito por desgraçar a família, mas preciso lhe dizer que estou grávida." Não dormi aquela noite.

Ouvi meu pai ir para o quarto por volta das três da manhã. Como não bateu à minha porta na mesma hora, fiquei me perguntando se teria ou não lido o bilhete. Não haveria sono para mim naquela noite.

Às oito e meia da manhã ele falou da minha porta:

— Meu bem, desça e venha tomar café comigo. Aliás... eu recebi o seu bilhete.

O som dos passos dele se afastando não era tão alto quanto o som do meu coração disparando. Lá embaixo, à mesa, ele disse:

— Vou chamar sua mãe. Quanto tempo falta?

— Três semanas — respondi.

Ele sorriu.

— Tenho certeza de que sua mãe chegará hoje.

"Nervosa" e "apavorada" não são palavras suficientes para descrever como eu me sentia.

Antes do anoitecer minha linda mãezinha entrou em casa. Ela me deu um beijo, depois me olhou.

— Você não está só com três semanas de gravidez.

— Não, senhora, estou com oito meses e uma semana — respondi.

— Quem é o garoto? — perguntou ela.

Eu disse.

— Você o ama? — ela quis saber.

— Não — respondi.

— Ele ama você?

— Não, ele foi a única pessoa com quem eu tive relações sexuais, e nós só ficamos juntos uma vez.

— Não há razão para que três vidas sejam arruinadas; nossa família vai ter um maravilhoso bebê.

Ela era enfermeira diplomada; então, quando entrei em trabalho de parto, ela me depilou, passou talco em mim e me levou para o hospital. O médico não havia chegado. Mamãe se apresentou às enfermeiras e disse que também era enfermeira e que iria ajudar no parto.

Ela subiu na mesa de parto comigo e me fez dobrar as pernas. Encostou o ombro no meu joelho e me contou piadas sujas. Quando vinham as dores, ela me contava o final das piadas, e, enquanto eu ria, ela me dizia: "Empurre!"

Quando o bebê começou a sair, minha pequenina mãe pulou da mesa e, vendo-o surgir, gritou:

— Aí vem ele, e ele tem cabelo preto!

Perguntei-me que cor de cabelo ela achou que ele poderia ter. Quando o bebê finalmente nasceu, minha mãe o segurou. Ela e as outras enfermeiras o limparam e o enrolaram num cobertor, e ela o trouxe para mim.

— Veja, meu bebê, aqui está seu lindo bebê.

Meu pai disse que quando ela voltou para casa estava tão cansada que parecia ter dado à luz quíntuplos.

Ela estava orgulhosa do neto e orgulhosa de mim. Nunca precisei gastar sequer um minuto lamentando o fato de ter gerado uma criança que teve uma família tão dedicada, liderada por uma avó destemida, apaixonada e gloriosa. Assim passei a me orgulhar de mim.

5
Acaso, coincidência ou preces atendidas

Seu nome era Mark. Ele era alto e bem-constituído. Se boa aparência fosse um cavalo, ele poderia pertencer à Real Polícia Montada Canadense. Mark inspirava-se em Joe Louis. Saiu do Texas, onde nascera, e encontrou trabalho em Detroit. Lá, pretendia ganhar dinheiro suficiente para encontrar um treinador e se tornar boxeador profissional.

Uma máquina na fábrica de automóveis cortou três dedos de sua mão direita, e seu sonho foi arrasado. Quando o conheci, ele me contou essa história e assim explicou por que era conhecido como Mark Dois Dedos. Não demonstrou qualquer rancor por desistir de seus sonhos.

Ele era amável comigo e muitas vezes pagava uma babá para que eu pudesse visitá-lo em seu quarto alugado. Era um pretendente ideal. Um amante sem pressa. Eu me sentia segura.

Depois de alguns meses de sua terna atenção, ele foi me buscar uma noite na saída do trabalho e disse que estava me levando para a Half Moon Bay.

Estacionou num penhasco, e pelas janelas eu via o luar prateado na água ondulada.

Saí do carro e, quando ele disse "vem cá", fui na mesma hora.

Ele disse:

— Você tem outro homem e anda mentindo para mim.

Comecei a rir. Ainda estava rindo quando ele me bateu. Antes que eu pudesse respirar, ele tinha me socado no rosto com os dois punhos. Vi estrelas antes de cair.

Quando voltei a mim, ele tinha tirado a maior parte da minha roupa e me empurrava contra uma rocha. Segurava uma grande ripa de madeira e estava chorando.

— Eu tratei você tão bem, sua mentirosa miserável, sua desgraçada.

Tentei andar, mas minhas pernas não me aguentavam. Então ele bateu atrás da minha cabeça com a ripa. Desmaiei. Cada vez que eu voltava a mim, via que ele continuava a chorar e a me bater, e eu desmaiava de novo.

Preciso confiar no que me contaram a respeito do que aconteceu nas horas seguintes.

Mark me colocou no banco de trás do carro e seguiu até a área afro-americana de São Francisco. Estacionou em frente ao Betty Lou's Chicken Shack, chamou alguns clientes e me mostrou a eles.

— Isso é o que se faz com uma cretina mentirosa.

Eles me reconheceram e voltaram para o restaurante. Disseram à srta. Betty Lou que Mark estava com a filha de Vivian no banco de trás do carro e que ela parecia morta.

A srta. Betty Lou e minha mãe eram amigas íntimas. Ela telefonou para minha mãe.

Ninguém sabia onde ele morava ou trabalhava, nem mesmo seu sobrenome.

Por causa dos clubes de jogo e casas de sinuca da minha mãe e dos contatos que a srta. Betty Lou tinha na polícia, elas esperavam não demorar a encontrar Mark.

Minha mãe conhecia bem o maior agiota de São Francisco. Então ligou para ele. Boyd Pucinelli não tinha nenhum Mark ou Mark Dois Dedos em seus arquivos.

Prometeu a Vivian que continuaria procurando.

Acordei e descobri que estava numa cama com dores por todo o corpo. Doía para respirar, para tentar falar. Mark disse que era porque minhas costelas estavam quebradas. Meus lábios tinham sido cortados pelos meus dentes.

Ele começou a chorar, dizendo que me amava. Pegou uma lâmina de barbear com corte dos dois lados e encostou-a na garganta.

— Eu não mereço viver, vou me matar.

Eu não tinha voz para desencorajá-lo. Ele então encostou a lâmina na minha garganta.

— Não posso deixar você aqui para outro negro pegar você.

Falar era impossível e respirar era doloroso.

De repente, ele mudou de ideia.

— Você não come há três dias. Tenho de arrumar uns sucos para você. Você gosta de suco de abacaxi e de suco de laranja? Só faça que sim com a cabeça.

Eu não sabia o que fazer. O que o mandaria embora?

— Vou até a loja da esquina arrumar uns sucos. Desculpe ter machucado você. Quando eu voltar, vou cuidar de você até você ficar boa, completamente boa, eu prometo.

Fiquei olhando ele sair.

Só então reconheci que estava no quarto dele, no qual tinha estado muitas vezes. Eu sabia que a dona do prédio morava no mesmo andar e pensei que, se conseguisse chamar a atenção dela, ela me ajudaria. Respirei o mais fundo que consegui e tentei gritar, mas nenhum som saiu. A dor de tentar me sentar era tão grande que só tentei uma vez.

Eu sabia onde ele tinha colocado a lâmina de barbear. Se conseguisse pegá-la, talvez pudesse tirar minha própria vida, e assim ele não teria o prazer de dizer que havia me matado.

Comecei a rezar.

Eu entrava e saía da oração, entrava e saía do estado de consciência, então ouvi gritos no vestíbulo. Ouvi a voz da minha mãe.

— Arrombem. Arrombem essa porra. Minha menina está aí dentro.

A madeira envergou, depois quebrou, a porta caiu e minha pequenina mãe entrou. Ela me viu e desmaiou. Mais tarde, ela me disse que aquela foi a única vez na vida que isso aconteceu.

Ver meu rosto inchado, com o dobro do tamanho normal, e meus dentes enterrados nos lábios foi mais do que ela conseguiu suportar. Por isso ela desabou. Três homens fortes entraram no quarto depois dela. Dois a levantaram e ela voltou a si nos braços deles, grogue. Eles a levaram até a cama.

— Meu bem, meu bem, eu sinto tanto...

Cada vez que ela me tocava, eu me encolhia.

— Chamem uma ambulância. Eu vou matar esse desgraçado. Sinto muito.

Ela se sentia culpada como todas as mães que se censuram quando algo terrível acontece a seus filhos.

Eu não conseguia falar ou mesmo tocá-la, mas nunca a amei mais do que naquele momento, naquele quarto sufocante e malcheiroso.

Ela acariciou meu rosto e apertou meu braço.

— Meu bem, as preces de alguém foram ouvidas. Ninguém sabia como encontrar Mark, nem Boyd Pucinelli. Mas Mark foi a uma birosca comprar suco, e dois garotos roubaram um caminhão de cigarros. — Ela continuou a contar sua história: — Quando um carro da polícia virou a esquina, os rapazes jogaram os pacotes de cigarro no carro de Mark. Quando ele tentou entrar no carro, a polícia o prendeu. Não acreditaram em seus gritos de inocência, então o levaram para a cadeia. Ele usou o único telefonema que podia fazer para ligar para Boyd Pucinelli. Boyd atendeu ao telefone.

"Mark disse: 'meu nome é Mark Jones, e eu moro na Oak Street. Não tenho dinheiro comigo, mas a dona do prédio tem uma boa grana minha. Se você ligar para ela, ela vai descer e levar tudo o que você cobrar.'

"'Como você é conhecido por aí?', perguntou Boyd.

"'Me chamam de Mark Dois Dedos', respondeu ele."

Boyd desligou e telefonou para minha mãe, dando o endereço de Mark. Perguntou se ela ia chamar a polícia.

— Não. Vou ao meu clube de sinuca pegar uns grandalhões e depois vou pegar a minha filha — respondeu ela.

Ela contou que, quando chegou à casa de Mark, a senhoria disse que não conhecia nenhum Mark e que de qualquer modo ele não aparecia em casa havia dias.

Mamãe disse que talvez fosse verdade, mas que estava procurando a sua filha, que estava naquela casa, no quarto de Mark. Mamãe perguntou qual era o quarto dele. A dona do prédio disse que ele mantinha a porta fechada. Minha mãe disse: "Hoje ela vai ser aberta."

A dona ameaçou chamar a polícia, e minha mãe respondeu: "Você pode chamar o cozinheiro, pode chamar o padeiro, e pode chamar junto o agente funerário."

Quando a mulher mostrou qual era o quarto de Mark, minha mãe disse aos ajudantes dela: "Arrombem. Arrombem essa porra. Minha menina está aí dentro."

No quarto do hospital, pensei nos dois jovens criminosos que jogaram cigarros roubados no carro de um estranho. Quando ele foi preso, ligou para Boyd Pucinelli, que ligou para minha mãe, que chamou três dos homens mais violentos de seu clube de sinuca.

Eles arrombaram a porta do quarto em que eu estava presa. Minha vida foi salva. O que aconteceu foi acaso, coincidência, acidente ou preces atendidas?

Acredito que minhas preces foram atendidas.

6

Dizer a verdade

Minha mãe, Vivian Baxter, advertiu-me muitas vezes para não acreditar que as pessoas queiram realmente ouvir a verdade quando perguntam "tudo bem?". Dizia que a pergunta era feita no mundo todo, em milhares de línguas, e que a maioria das pessoas sabia que era apenas uma frase usada como começo de conversa. Ninguém na verdade espera que se responda nem mesmo quer saber que "bem, sinto como se meus joelhos estivessem quebrados, e minhas costas doem tanto que tenho vontade de desabar e chorar". Essa resposta seria o fim da conversa. O assunto terminaria antes mesmo de começar. Então, todos dizemos: "Tudo bem, obrigada, e você?"

Acredito que assim aprendemos a dar e receber mentiras sociais. Olhamos para os amigos que perderam peso demais ou que ganharam desagradáveis quilos e dizemos: "Você está ótimo." Todos sabem que a afirmação é uma grande mentira, mas a engolem, em parte para manter a paz e em parte porque não queremos lidar com a verdade.

Eu gostaria que pudéssemos parar com essas pequenas mentiras. Não quero dizer que temos de ser brutalmente francos. Não acredito que devemos ser rudes a respeito de seja lá o que for, mas é maravilhosamente libertador ser honesto. Não é preciso dizer tudo o que se sabe, mas deveríamos ter o cuidado de só dizer o que é verdade.

Vamos dizer com coragem às nossas jovens: "Esse cabelo malcuidado pode estar na moda, mas não é nada atraente. Não favorece você nem um pouco." E vamos dizer aos nossos rapazes: "A fralda da sua camisa aparecendo por baixo de sua jaqueta não faz com que você pareça descolado, e sim desarrumado e relaxado." Alguma lei da moda de Hollywood decidiu há pouco tempo que aparecer com roupas amassadas e rostos malbarbeados era sexy, porque fazia com que os homens parecessem ter acabado de se levantar. Os donos da moda estavam certos e errados. A aparência desleixada faz mesmo com que a pessoa pareça ter acabado de sair da cama, mas eles também estavam errados porque essa aparência não é sexy, mas de mau gosto.

Os piercings de nariz, mamilos e língua são característicos dos muito jovens, que estão experimentando coisas novas. Embora eu não goste, não me incomodam muito, porque sei que a maioria dos seus usuários vai crescer e se adaptar aos grupos sociais com os quais trabalham e vivem. Os piercings serão descartados, e os jovens rezarão para que os buracos fechem, para que eles mesmos, antes de tudo, não tenham que explicar aos seus próprios filhos adolescentes como aqueles buracos foram parar ali.

Vamos dizer a verdade às pessoas. Quando perguntarem: "Tudo bem?", tenha a coragem de às vezes responder sinceramente. Você precisa saber, no entanto, que elas vão começar a te evitar, porque elas também têm joelhos que incomodam e cabeças que doem e não querem saber das suas dores. Mas pense assim: se elas nos evitarem, teremos mais tempo para meditar e fazer uma boa pesquisa sobre a cura para o que realmente nos incomoda.

7
Vulgaridade

Alguns artistas tentaram fazer arte da sua falta de educação, mas com a grosseria eles simplesmente revelaram seus enormes complexos de inferioridade. Quando se cobrem de lama ou sacodem vulgarmente a língua, expõem sua crença de que não merecem ser amados e de que na verdade é impossível que o sejam. Quando nós, como público, somos condescendentes com sua linguagem indecorosa, nos equiparamos aos espectadores do Coliseu, empolgados enquanto os leões enraivecidos matavam os cristãos desarmados. Não apenas participamos da humilhação dos artistas como nos rebaixamos ao compartilhar a obscenidade.

Precisamos ter a coragem de dizer que a obesidade não é engraçada e que a vulgaridade não é divertida. Crianças insolentes e pais submissos não são personagens que queremos admirar e imitar. Petulância e sarcasmo não são qualidades que precisamos incluir em nossas conversas do dia a dia.

Se o imperador está nu em pelo na minha sala de visitas, nada deveria me impedir de dizer que, já que ele não está vestido, não está pronto para se expor em público. Aliás, nem para se refestelar no meu sofá e comer meus salgadinhos.

8
Violência

Quando nossos preparados professores e eruditos doutores julgam mal suas pesquisas e expressam mal seus resultados, pode ser delicado darmos as costas em silêncio e, sussurrando "até logo", deixarmos sua companhia para citar Shakespeare em Júlio César: "Olhar para a injustiça com expressão serena."

Sobre certos assuntos sou capaz de segurar minha língua e esperar que o tempo corrija os erros. Mas há uma questão que me desperta a atenção. Muitos sociólogos e cientistas sociais declararam que o estupro não é de modo algum um ato sexual, e sim uma necessidade, uma necessidade de se sentir poderoso. Além disso, eles explicam que o estuprador é, muitas vezes, vítima de outra pessoa em busca de poder, alguém que por sua vez já foi vítima e assim por diante, *ad nauseam*. É possível que um pequeno percentual da motivação que impele um estuprador à sua violência selvagem seja a ânsia pela dominação, mas tenho certeza de que o estímulo dele é (devastadoramente) sexual.

Os sons do estupro premeditado, os grunhidos e balbucios, a salivação e o cuspe que começam quando o predador avista e define sua vítima são sexuais. A perseguição se torna, na mente do estuprador, uma corte particular, na qual o cortejado não tem consciência de seu pretendente mas o pretendente está obcecado pelo objeto de seu desejo. Ele acompanha, assiste e é o excitado protagonista de sua trama sexual.

O estupro impulsivo não é menos sexual, é só menos atenuado. O violador que depara por acaso com sua vítima desprotegida é sexualmente agitado pela surpresa. Ele sente a mesma urgência vulgar que o exibicionista, com a diferença de que seu prazer não se contenta com o rápido choque — ele vai em frente e se atira na direção de uma invasão mais profunda e aterradora.

Preocupo-me com o fato de que os sábios — que desejam moldar nosso pensamento e, em consequência, nossas leis — transformam, com excessiva frequência, o estupro num acontecimento social aceitável e até explicável. Se o estupro for apenas questão de posse do poder, a busca e o exercício do poder, poderemos facilmente compreender e até perdoar o ato humano natural do sexo violento daí resultante. Acredito que a profanação feita à vítima do estupro ou as igualmente lúbricas declarações de amor eterno despejadas nos ouvidos da vítima aterrorizada tenham menos a ver com poder do que com prazer sexual.

Devemos chamar o estupro de ato de violência, um ato sangrento, de parar o coração, tirar o fôlego e quebrar os ossos, que é o que ele é na verdade. A ameaça torna algumas vítimas, homens ou mulheres, incapazes de abrir a porta de suas casas, incapazes de andar pelas ruas nas quais cresceram, incapazes de confiar em outros seres humanos e até em si. Chamemos isso de um ato sexual violento e irredimível.

Lembro-me da reação de um amigo quando um companheiro machista lhe disse que minissaias o levavam a ter pensamentos de estupro.

Meu amigo perguntou se, diante de uma mulher usando uma minissaia minúscula sem calcinha, o suposto estuprador seria capaz de se controlar. E acrescentou: "E se os irmãos mais velhos dela estivessem ao lado dela segurando bastões de beisebol?"

Fico preocupada com o fato de que a aceitação da teoria do poder torne trivial e minimize a crua feiura do ato e tire o corte da cruel lâmina da violação.

9

Mamãe e sua visão de longo alcance

A independência é inebriante. Se você a experimenta quando jovem, pode causar no cérebro o mesmo efeito que vinho verde. Não importa que o sabor não seja muito agradável, ele cria dependência, e, a cada gole, o consumidor quer mais.

Quando eu tinha 22 anos e vivia em São Francisco, tinha um filho de 5 anos, dois empregos e um quarto e sala alugado, com direito a uma cozinha coletiva no fim do corredor. Minha senhoria, a sra. Jefferson, era gentil e tratava todos como uma avó. Estava sempre pronta para cuidar das crianças e fazia questão de fornecer o jantar dos inquilinos. Seu jeito era tão carinhoso e seu temperamento tão doce que ninguém nunca era cruel o suficiente para desencorajar seus desastrosos esforços culinários. À sua mesa, o espaguete, servido pelo menos três vezes por semana, era uma estranha mistura em tons de vermelho, branco e marrom. Por vezes encontrávamos escondido no meio da massa um pedaço de carne impossível de identificar.

Não havia no meu orçamento dinheiro para fazer refeições em restaurantes, portanto meu filho Guy e eu, mesmo infelizes, éramos presença constante à mesa da sra. Jefferson.

Minha mãe tinha se mudado da Post Street para uma casa vitoriana com 14 quartos na Fulton Street, que ela encheu de móveis góticos e profusamente entalhados. O estofamento do sofá e das poucas cadeiras era de pelo de cabra de cor vinho. Tapetes orientais foram espalhados por toda a casa. Havia uma empregada residente que cuidava da limpeza, e, às vezes, ajudava na cozinha.

Duas vezes por semana, minha mãe apanhava Guy e o levava para sua casa, onde lhe dava pêssegos com creme e cachorros quentes. Mas eu só ia à casa dela com dia e hora marcados.

Ela compreendia e encorajava minha determinação. Tínhamos um compromisso fixo, pelo qual eu ansiava. Uma vez por mês, ela preparava um dos meus pratos favoritos e eu ia visitá-la. Um desses almoços permanece em minha memória. Eu o chamo de "Dia do Arroz Vermelho da Vivian".

Quando cheguei à casa da Fulton Street, minha mãe estava lindamente vestida, sua maquiagem era perfeita e ela usava belas joias.

Depois de nos abraçarmos, lavei as mãos e atravessamos a sala de jantar, formal e escura, em direção à cozinha, que era ampla e clara.

Quase todo o almoço já estava na mesa. Vivian Baxter levava muito a sério suas deliciosas refeições.

Naquele longínquo "Dia do Arroz Vermelho", minha mãe tinha servido um frango assado bem crocante, sem cobertura ou molho, e uma simples salada de alface, sem tomate ou pepino. Ao lado do prato dela havia uma tigela funda e larga, coberta por uma travessa.

Com uma breve oração, ela abençoou fervorosamente o alimento, pôs a mão esquerda na travessa e a direita na tigela. Em seguida, virou os pratos para cima e delicadamente retirou o conteúdo da tigela, revelando uma boa quantidade de um brilhante arroz vermelho (meu prato preferido) enfeitado com salsa picada e finas rodelas verdes de cebolinha.

A galinha e a salada não marcaram grande presença na minha memória gustativa, mas cada grão daquele arroz ficou para sempre gravado na superfície da minha língua.

"Glutão" e "guloso" definem negativamente o comensal contumaz a quem é oferecida a sedução de seu prato favorito.

Duas boas porções de arroz saciaram meu apetite, mas a delícia que era aquele prato me fez desejar um estômago maior para que eu pudesse repetir mais duas vezes.

Minha mãe tinha planos para o resto da tarde, portanto pegou um agasalho e saímos juntas.

Na metade da quadra, fomos envolvidas pelo aroma ácido e picante do vinagre da fábrica de picles na esquina das ruas Fillmore e Fulton. Eu apressara o passo. Minha mãe parou e disse: — Filha.

Voltei até ela.

— Filha, eu andei pensando e agora tenho certeza. Você é a maior mulher que eu já conheci.

Minha mãe tinha 1,63m de altura, e eu meço 1,80m.

Olhei para baixo, para aquela mulher pequena e bonita, sua maquiagem perfeita e seus brincos de diamantes, que dirigia um hotel e era admirada pela maioria da comunidade negra de São Francisco.

Ela continuou:

— Você é muito gentil e muito inteligente, e esses dois elementos nem sempre andam juntos. A sra. Eleanor Roosevelt, a dra. Mary McLeod Bethune e minha mãe... É, você pertence a essa categoria. Vem cá, me dá um beijo.

Ela me beijou, deu meia-volta e saiu andando em direção a seu Pontiac bege e marrom. Eu me recompus e caminhei até a Fillmore Street. Ali, atravessei e esperei o bonde número 22.

Minha política de independência não me permitia aceitar dinheiro ou sequer uma carona de minha mãe, mas sua sabedoria era bem-vinda. Pensei no que ela tinha dito. Pensei: "E se ela tiver razão? Ela é muito inteligente e já disse muitas vezes que não tem medo de ninguém a ponto de mentir. E se eu realmente chegar a ser alguém? Imagine só."

Naquele momento, ainda com o gosto do arroz vermelho na boca, decidi que chegara a hora de cortar hábitos perigosos, como fumar, beber e praguejar.

Imagine! Eu poderia mesmo me tornar alguém. Algum dia.

10
Marrocos

Embora eu vivesse no século XX, ainda conservava as ideias fantásticas do século XIX em relação à Arábia. Havia califas, musculosos eunucos assexuados e haréns nos quais lindas mulheres recostadas em espreguiçadeiras se admiravam em espelhos dourados.

Na primeira manhã no Marrocos, fui andar pelas ruas em busca de um pouco mais de romance para alimentar minhas fantasias.

Algumas mulheres usavam roupas ocidentais, enquanto outras se mantinham castas atrás de pesados véus negros. Todos os homens pareciam elegantes e belos com seu fez vermelho. Estava me aproximando de um ferro-velho e resolvi atravessar a rua antes de ser obrigada a olhar para a vida real. Alguém gritou e me virei. Havia três tendas no pátio, e alguns homens negros acenavam para mim. Pela primeira vez, percebi que os marroquinos que eu tinha visto antes e ainda esperava encontrar se pareciam mais com espanhóis e mexicanos do que com africanos.

Os homens gritavam e acenavam. Vi que eram todos muito velhos. Minha educação me disse que eu deveria me dirigir a eles. Naquele momento, dei-me conta de que eu estava vestida com uma saia curta e sapatos de salto alto, apropriados para uma moça americana de 25 anos, mas totalmente inaceitáveis para uma mulher na companhia de homens velhos africanos.

Abri caminho entre latas, garrafas quebradas e móveis jogados fora. Quando cheguei até os homens, eles se sentaram de repente. Não havia bancos atrás deles, então na verdade não se sentaram, simplesmente ficaram de cócoras. Fui criada por uma avó sulista que me ensinou que era grosseria uma pessoa jovem ficar em pé ou mesmo sentar-se em local mais alto do que uma pessoa mais velha.

Quando os homens se abaixaram, eu me abaixei. Eu era uma jovem dançarina e meu corpo obedecia a minhas ordens.

Eles sorriram e falaram comigo numa língua que eu não conseguia entender. Respondi em inglês, francês e espanhol, que eles não entendiam. Sorrimos uns para os outros e um homem falou alto com um grupo de mulheres que estava de pé ali perto, olhando-me com interesse.

Sorri para elas, que me devolveram o sorriso. Jovens músculos treinados ou não, ficar de cócoras por tanto tempo começava a ficar desconfortável.

Exatamente quando eu me preparava para me levantar e cumprimentá-los, uma mulher apareceu e ofereceu uma minúscula xícara de café que tinha em mãos. Quando a segurei, percebi duas coisas: insetos se arrastando pelo chão e os homens me aprovando, estalando os dedos. Inclinei-me, dei um gole no café e quase desmaiei. Eu tinha uma barata na língua. Olhei para os rostos das pessoas e não consegui cuspir. Minha avó teria empurrado a terra de sua sepultura e atravessado o espaço para me mostrar seu rosto de terrível desapontamento. Eu não aguentaria aquilo. Abri a garganta e bebi tudo o que havia na xícara. Contei quatro baratas.

Em pé, inclinei-me diante de todos e saí do ferro-velho. Segurei o nojo até sair dali, então me agarrei à primeira parede e deixei a náusea seguir seu curso. Não contei essa história a ninguém; passei simplesmente um mês enjoada.

Quando me apresentei em Marselha, fiquei numa pensão modesta. Um dia, apanhei um exemplar bastante gasto da Reader's Digest e vi um artigo intitulado "Tribos africanas viajando do Sahel para o norte da África".

Aprendi que diversas tribos que seguem as velhas rotas de Mali, Chade, Níger, Nigéria e outros países da África Negra, cruzando o Saara a caminho de Meca, da Argélia ou do Marrocos e do Sudão, levavam pouco dinheiro, mas viviam do sistema de escambo. Trocavam mercadorias, mas gastavam o pouco dinheiro que tinham para comprar passas. A fim de honrar e mostrar respeito a quem os visitava, colocavam de três a cinco passas numa pequena xícara de café.

Por alguns minutos, senti que gostaria de me ajoelhar diante dos velhos do Marrocos e lhes pedir perdão.

Lá, eles haviam me honrado com aquelas passas tão caras.

Agradeci a Deus por minha avó ter ficado satisfeita com meu comportamento.

Foi o início do aprendizado de uma lição para a vida inteira. Se seres humanos comerem uma coisa e eu não for tão violentamente repelida pela minha educação a ponto de não poder falar, se o aspecto da comida for razoavelmente limpo e se eu não for alérgica ao que me é oferecido, vou me sentar à mesa e, com todo o prazer que conseguir produzir, tomar parte no banquete.

P.S.: Chamo isso de lição para a vida inteira porque ainda não a aprendi por completo. Fui muitas vezes testada e, apesar de não ser nem mais nem menos cheia de frescuras do que a maioria das pessoas, em algumas ocasiões ganhei um belo zero no teste e fui miseravelmente reprovada. Mas na maioria das vezes recebi meu diploma. Só preciso me lembrar da minha avó e daquelas quatro inocentes passas, que me deixaram enjoada um mês inteiro.

11

Porgy e Bess

Porgy e Bess, a ópera de George e Ira Gershwin, ainda encantava o público em sua turnê europeia. O elenco cheio de pessoas negras ainda era grande e gentil comigo, mas eu estava ansiosa para abandonar a turnê e voltar a São Francisco, na Califórnia.

Eu estava cheia de culpa porque, ao me juntar ao projeto, deixara meu filho, Guy, de 8 anos, com minha mãe e uma tia em São Francisco.

A companhia da ópera me ofereceu um considerável aumento de salário se eu mandasse buscá-lo, mas já havia duas crianças viajando com os pais, que exibiam um comportamento que eu não gostaria que meu filho presenciasse ou imitasse. Eu era a dançarina principal e fazia o papel de Ruby. Recebia um pagamento decente, que mandava para casa, mas minha culpa me fazia crer que a quantia não era suficiente, então eu ficava em pensões, albergues da juventude ou casas de família, para economizar. Depois que a cortina caía no teatro, eu trabalhava em dobro, cantando blues em boates e, durante o dia, dando aulas de dança onde encontrasse alunos. Também mandava esse dinheiro para minha mãe.

Ainda assim, comecei a perder apetite e peso, bem como o interesse em qualquer coisa. Eu queria ir para casa ficar com meu filho. Disseram-me que eu era obrigada a pagar minhas despesas de ida para a Europa e minha própria passagem de volta. Enfrentei essa nova pressão cantando em duas outras boates e dando aulas para dançarinos profissionais e crianças que mal sabiam andar.

Finalmente consegui o dinheiro e embarquei em Nápoles, na Itália, num navio para Nova York. Recusei-me a ir por ar, porque me ocorreu que, se o avião caísse, meu filho só poderia lamentar: "Minha mãe morreu quando eu tinha 8 anos. Ela era dançarina." Eu precisava voltar a São Francisco e mostrar a ele que eu era aquilo e muito mais.

Depois de nove dias no navio, cheguei a Nova York e peguei um trem, onde fiquei três dias e três noites, até São Francisco. Nosso encontro foi tão emocionante que, confesso, poderia ter me feito perder a cabeça. Eu sabia que amava meu filho e sabia que era abençoada por não ser apegada a ele, e que não iria sufocá-lo tentando ficar perto demais, e também que o amaria e o criaria para ser livre, viril e o mais feliz possível. Depois de uma semana vivendo no último andar da grande casa da minha mãe, construída no alto de uma colina, fiquei outra vez temerosa. Percebi que seria difícil, se não impossível, criar um menino negro para ser feliz, responsável e liberal numa sociedade racista. Eu estava deitada no sofá da sala de estar do andar de cima quando Guy entrou.

— Olá, mamãe.

Olhei para ele e pensei que poderia pegá-lo no colo, abrir a janela e pular. Levantei a voz e disse:

— Saia. Saia daqui agora. Saia de casa neste minuto. Vá para o jardim da frente e não volte, mesmo se eu chamar.

Chamei um táxi, desci as escadas e olhei para Guy. Falei:

— Agora você pode ir, e, por favor, fique lá dentro até eu voltar.

Disse ao motorista para me levar à Clínica Psiquiátrica Langley Porter. Quando entrei, a recepcionista perguntou se eu tinha hora marcada. Respondi:

— Não.

— Não podemos atendê-la se não tiver hora marcada — explicou ela, com ar triste.

— Preciso falar com alguém, estou a ponto de me matar, e talvez machucar alguém — respondi.

A recepcionista falou rapidamente ao telefone. Depois me disse:

-— Por favor, vá falar com o dr. Salsey, no corredor à direita, consultório C.

Abri a porta do consultório C e minhas esperanças me abandonaram. Havia um rapaz branco atrás da mesa. Ele vestia um terno da Brooks Brothers e uma camisa abotoada, e seu rosto era calmo e confiante. Ele me convidou a sentar numa cadeira em frente à sua mesa. Sentei-me, olhei para ele outra vez e comecei a chorar. Como aquele rapaz branco privilegiado seria capaz de compreender o coração de uma mulher negra que estava doente de culpa por ter deixado seu filhinho negro para ser criado por outras pessoas? Cada vez que eu olhava para ele as lágrimas inundavam meu rosto. Cada vez que ele perguntava qual era o problema, como poderia me ajudar, eu enlouquecia com o desamparo da minha situação. Finalmente, consegui me controlar o suficiente para me levantar, agradecer e sair. Agradeci à recepcionista e pedi que chamasse um táxi.

Procurei meu professor de voz, meu mentor e a única pessoa com quem eu poderia falar abertamente. Quando subi as escadas para o apartamento de Frederick Wilkerson, ouvi um aluno fazendo exercícios vocais. Wilkie, como era chamado, disse-me que fosse para o quarto.

— Vou preparar-lhe uma bebida.

Deixando de lado seu aluno, ele me trouxe um copo de uísque, que engoli, embora naquela época eu não bebesse. O álcool me fez dormir. Quando acordei e não ouvi vozes na sala, fui até lá.

— O que aconteceu?

Respondi que estava ficando louca. Ele disse que não era verdade e depois perguntou:

— O que aconteceu de verdade?

— Eu hoje pensei em me matar e matar Guy. Estou dizendo que estou ficando louca — respondi, descontrolada porque ele não me ouvia.

— Sente-se aqui a esta mesa. Pegue este bloco e esta caneta. Quero que você escreva suas bênçãos — disse Wilkie.

— Wilkie, eu não quero falar sobre isso. Estou dizendo que estou ficando louca — respondi.

Ele retrucou:

— Primeiro escreva o que eu lhe disse e pense nos milhões de pessoas que não podem ouvir um coro, uma sinfonia ou seus próprios bebês chorando. Escreva: "Eu posso ouvir, graças a Deus." Depois, escreva que você pode ver este bloco amarelo e pense nos milhões de pessoas que não podem ver uma cachoeira, flores se abrindo ou o rosto de quem amam. Escreva: "Eu posso ver, graças a Deus." Então escreva que você pode ler. Pense nos milhões de pessoas que não podem ler as notícias do dia, ou uma carta de casa, um sinal de pare numa rua movimentada ou...

Obedeci às ordens de Wilkie e, quando cheguei à última linha da primeira página do bloco, o agente da loucura estava completamente derrotado.

Isso aconteceu há mais de cinquenta anos. Escrevi cerca de 25 livros, talvez uns cinquenta artigos, poemas, peças de teatro e discursos, todos usando canetas e blocos amarelos.

Quando decido escrever, fico presa à minha insegurança, apesar de todos os prêmios que já ganhei. Penso: "Oh-oh, agora eles vão descobrir que sou uma charlatã, que na verdade não sei escrever, muito menos escrever bem." Quase desisto; então apanho um bloco amarelo novo e, quando me aproximo da página, penso no quanto sou abençoada.

O navio da minha vida pode ou não estar navegando por mares calmos e tranquilos. Os dias desafiadores da minha existência podem ou não ser brilhantes e promissores. Em dias tempestuosos ou ensolarados, em noites gloriosas ou solitárias, mantenho uma atitude de gratidão. Se insisto em ser pessimista, há sempre o amanhã.

Hoje eu sou abençoada.

12

Bob e Decca

Bob Treuhaft e Decca Mitford formavam um dos casais mais cativantes que já conheci. Ele era um advogado radical, com uma determinação de aço e ossos tão delicados que uma vez, após ser bem-sucedido na defesa dos Panteras Negras, Huey Newton lhe deu um abraço de agradecimento e quebrou-lhe três costelas.

Decca era escritora, cujo livro *Hons and Rebels* (Heróis e rebeldes) conta como foi ter crescido como aristocrata inglesa e se tornado comunista.

Seu livro seguinte, *The American Way of Death* (O modo americano de morrer), contestou e mudou os negócios funerários na América.

Aceitei um convite para falar na Universidade de Stanford. Como era uma oportunidade para visitar Decca e Bob, acrescentei um fim de semana à viagem.

Na primeira noite, Bob disse que uma vez por mês um restaurante local oferecia um cardápio francês com apenas dois pratos por noite. Disse que a comida era excelente e tão popular que era necessário fazer reserva com dois ou três meses de antecedência.

Decca pediu a Bob para telefonar e dizer ao proprietário, Bruce Marshall, que tinham como hóspede uma grande amiga escritora, de Nova York. Bob voltou com um sorriso e tínhamos nossa reserva. Quando nos sentamos à mesa, pouco maior do que uma bandeja, o dono foi até nós.

— Minha mulher ficou muito entusiasmada quando soube que você estava na cidade... Você e ela são muito amigas — disse o dono.

Agradeci e perguntei primeiro como ele sabia que eu estava na cidade. Ele disse que Bob Treuhaft tinha lhe dito. Tinha até dado minha descrição.

Então perguntei sobre sua mulher. Bruce disse que era Marilyn Marshall. Uma lista de nomes veio à minha cabeça. Eu não conhecia nenhuma Marilyn Marshall.

— Não, é claro, o sobrenome dela era Greene quando vocês se conheceram em Los Angeles. — ele percebeu minha perplexidade e riu de si mesmo.

Eu realmente conhecia uma família em Los Angeles cujo sobrenome era Greene, mas não havia nenhuma Marilyn entre os membros. Ele riu outra vez e tirou uma carteira do bolso. Abriu-a e me entregou:

— Aqui está uma foto dela.

Nomes e lugares podem mudar, mas, a não ser por uma cirurgia plástica radical, os traços continuam os mesmos. Olhei depressa para a foto. Eu nunca tinha visto o rosto daquela mulher.

— Esta é com certeza Marilyn Marshall. Ela está ótima — disse, e sorri.

Bruce presenteou nossa mesa com o sorriso de um marido orgulhoso.

Quando estávamos saindo, ele nos alcançou à porta.

— Marilyn está ao telefone e quer falar com você.

Segurei o fone na orelha, esperando reconhecer a voz.

Falei "alô" e fiquei realmente desapontada. Não reconheci a voz.

Ela perguntou:

— O que você está fazendo na Califórnia? Por que não me avisou que viria? Se não morássemos tão longe eu iria para o restaurante agora mesmo.

— Não, nós já terminamos. Que tal amanhã? Vá almoçar na casa de Decca Mitford e Bob Treuhaft, por volta das 13 horas. Farei uma quiche.

— Estarei lá — disse ela.

Quando eu contei a Decca que precisava de sua presença, ela respondeu:

— Nem por um minuto.

— Sobre o que vamos falar? — perguntei.

— Você tem a quiche, fale sobre ela — respondeu Decca.

Coloquei uma quiche Lorraine no forno e tentei imaginar as duas horas seguintes.

A campainha tocou às 13 horas em ponto, e abri a porta para uma mulher que eu nunca tinha visto na vida. Ela era baixa e bonitinha, e a surpresa estava estampada em seu rosto:

— Olá, como vai você?

— Ótima, e você? Entre — respondi.

Ela entrou.

Eu lhe disse que a quiche estava pronta e ela disse que estava pronta para comer. Sentamos juntas, sabendo que nenhuma das duas tinha a menor ideia de quem era a outra, ou de como escapar daquela situação constrangedora.

Depois do almoço, tivemos uma longa conversa sobre como fazer uma quiche Lorraine. Levamos nossas taças de vinho para a sala de estar.

— Adivinhe quem eu vi em Tahoe.

Respondi que não sabia.

— Charles Chestnut. E ele se comportou como se não me reconhecesse, disse ela.

Ela de certa forma esperava que eu conhecesse o nome e também que não o reconhecesse. Eu não era tão corajosa quanto ela. Fiquei calada.

— Falei com ele, e ele continuou a me olhar com ironia. Pensei: "Ah, o desgraçado. Depois de tanto que trabalhei na campanha dele…" — Eu não estava entendendo nada. E ela continuou: — Andei até ele e disse: "Você está fingindo que não me conhece, espere até eu me encontrar com Louise Meriwether."

Ah! Ali estava a resposta às minhas perguntas.

— Marilyn, odeio dizer isso, mas eu não sou Louise Meriwether.

— Não pensei que você fosse! — exclamou ela. — Não reconheci a sua voz ontem à noite no telefone.

Ela estava de pé no meio da sala.

— E, quando você abriu a porta, eu pensei: "Esta não é a Louise, a não ser que tenha feito alguma coisa drástica com ela mesma."

— Por que você achou que eu fosse Louise? — perguntei.

— Bruce me contou que Bob Treuhaft tinha dito a ele que você, Louise, tinha vindo de Nova York, e ele sabe o quanto eu gosto de você, quer dizer, de Louise — respondeu Marilyn. — Por favor, me diga quem é você.

— Maya Angelou.

— Ah, droga, eu preciso ir. Me desculpe.

— Não, por favor, esta é só uma nova maneira de fazer amigos. Vamos tentar imaginar como aconteceu — falei.

— Bob ligou para Bruce, esperando conseguir uma reserva. Ele disse que tinham uma amiga hospedada com eles, uma escritora afro-americana, de Nova York. Bruce perguntou: "Ela é alta?" Bob respondeu: "Tem 1,80m." Louise Meriwether tem um 1,80m, é negra e escritora. E Bruce disse: "É a amiga querida da minha mulher."

É claro que só havia uma mulher negra e escritora com 1,80m em Nova York.

Marilyn e eu rimos muito à custa dos homens que sabem de tudo e também à custa de nós mesmas, que praticamente transformamos num sucesso um não encontro entre duas estranhas.

Ela era psicóloga e escritora. Vi que era o tipo de gente de que gosto. Esperta, divertida e determinada, veio a se tornar minha amiga de um jeito que eu não poderia imaginar.

Meu amado irmão Bailey tinha lutado contra a heroína pelo controle de sua vida. A guerra continuava acirrada, mas ele me disse sinceramente que queria se livrar das drogas. Ofereci-me para pagar sessões com dois dos maiores psicólogos negros nessa área, mas ele recusou.

Falei com ele a respeito de Marilyn Marshall, então ele pegou um de seus livros e leu. Era típico de Bailey — com ou sem drogas — fazer o dever de casa. Ele disse que gostaria de conhecê-la.

Contei tudo isso a Marilyn, e ela concordou em vê-lo, não como um paciente, e sim como o irmão de uma amiga. Falei com Bruce Marshall e consegui que Bailey pudesse almoçar e jantar em seu restaurante. Ele poderia levar um convidado e assinaria a conta. Só Bruce, Marilyn e eu saberíamos que ele não pagaria. Bailey esteve no restaurante e teve conversas ocasionais com Marilyn Greene Marshall.

Assim, por um ano, meu irmão foi capaz de ter controle sobre sua vida. Agradeci muito pela ajuda de dois estranhos que conheci por uma cômica coincidência. Aprendi que um amigo pode estar à espera por trás de um rosto estranho.

13
Celia Cruz

Há determinados artistas que pertencem a todos os povos, em todos os lugares, o tempo todo.

A lista de cantores, músicos e poetas pode incluir Davi, o harpista do Velho Testamento; Esopo, o contador de histórias; Omar Khayyam, o fazedor de tendas; Shakespeare, o bardo de Avon; Louis Armstrong, o gênio de Nova Orleans; Om Kalsoum, a alma do Egito; Frank Sinatra; Mahalia Jackson; Dizzy Gillespie; Ray Charles...

A lista poderia continuar até que não houvesse fôlego para pronunciá-la, mas o nome de Celia Cruz, a grande cantora cubana, figurará nela para sempre como alguém que pertenceu a todos os povos. Suas canções em espanhol eram repletas de simpatia pelo espírito humano.

No início da década de 1950, ouvi pela primeira vez um disco de Celia Cruz, e, embora eu falasse espanhol razoavelmente bem e adorasse sua música, achei difícil traduzi-la. Comecei a pesquisar tudo o que havia a respeito dela e percebi que, se eu quisesse me tornar sua fã ardorosa, precisaria estudar espanhol com mais afinco. Assim fiz.

Pedi ajuda a meu irmão Bailey, em Nova York, para conseguir todos os discos que ela já tivesse gravado e todas as revistas que mencionavam seu nome. Meu espanhol melhorou. Anos depois, quando trabalhei com Tito Puente, Willie Bobo e Mongo Santamaría, consegui me sair tão bem em minha apresentação no palco quanto nas conversas com eles nos bastidores.

Eu tinha começado a cantar profissionalmente, mas deixava muito a desejar. Conseguia me manter no palco porque meu repertório era estimulante. Algumas músicas eu sabia desde criança, e outras tinha encontrado e plagiado dos discos de Celia Cruz.

Ela foi aos Estados Unidos e se apresentou num teatro na Upper Broadway, em Nova York. Fui vê-la todos os dias da temporada. Ela explodia no palco e era sensual e emocionante. Com ela, aprendi a levar para as apresentações tudo o que tinha. E agora, mais de quarenta anos depois, sem música e pela simples leitura, sou capaz de ler poesia e agradar o público. Grande parte da minha presença de palco aprendi com Celia Cruz.

Todos os grandes artistas bebem da mesma fonte: o coração humano, que diz a todos que somos mais parecidos do que diferentes.

14

Fannie Lou Hamer

"Tudo isso por conta do que queremos registrar, para nos tornarmos cidadãos de primeira classe, e se o Partido Democrata da Liberdade não tem hoje representação, pergunto à América: é esta a América, a terra dos livres e o lar dos bravos, onde precisamos dormir com nossos telefones fora do gancho, porque nossas vidas são ameaçadas diariamente por querermos viver na América como seres humanos decentes? Obrigada."

FANNIE LOU HAMER

É importante sabermos que essas palavras vieram da boca de uma mulher afro-americana. É imperativo saber que vieram do coração de uma norte-americana.

Acredito que há um ardente desejo oculto bem no fundo do coração de cada norte-americano, um desejo de pertencer a um grande país. Acredito que todo cidadão quer subir no palco mundial e representar um país nobre, no qual os poderosos nem sempre esmaguem os fracos e o sonho de uma democracia não pertença apenas aos fortes.

Precisamos ouvir as perguntas feitas por Fannie Lou Hamer há quarenta anos. Que cada norte-americano, em toda parte, faça a si mesmo as perguntas formuladas por ela:

O que eu penso do meu país? O que há nele que enche meu peito e faz meu sangue circular mais depressa quando ouço as palavras "Estados Unidos da América"? Enalteço meu país o suficiente? Elogio meus concidadãos o suficiente? O que há em meu país que me faz abaixar a cabeça e desviar os olhos quando ouço as palavras "Estados Unidos da América", e o que estou fazendo em relação a isso? Estou mostrando meu desapontamento a meus líderes e a meus concidadãos ou estou, como alguém que não está envolvido, me pondo no alto e olhando para baixo? Como norte-americanos, não deveríamos ter medo de responder.

Por anos fizemos perguntas e recebemos respostas, as quais nossas crianças memorizam e que se tornaram parte da história norte-americana.

Patrick Henry observou: "Não sei que rumo outros podem tomar, mas, quanto a mim, que me deem a liberdade ou a morte."

George Moses Horton, poeta do século XIX nascido escravo, disse: "Ai de mim, e foi para isso que nasci, para usar essa corrente brutal? Preciso arrancar de meu pulso as algemas e viver outra vez como homem."

"O pensamento de ser apenas uma criatura do presente e do passado era perturbador. Eu ansiava também por um futuro com esperança. O desejo de ser livre despertou minha determinação de agir, pensar e falar."

Frederick Douglass

O amor à democracia motivou Harriet Tubman não apenas a buscar e encontrar sua própria liberdade, mas também a fazer incontáveis viagens ao Sul escravocrata para obter a liberdade de muitos escravos e semear em milhares de corações a ideia de que a liberdade era possível.

Fannie Lou Hamer e o Partido Democrata da Liberdade do Mississippi apoiavam-se nos ombros da história quando agiram para tirar o mal de seu poleiro supostamente seguro nas costas do povo americano. Está funcionando. É preciso honrar a memória de Fannie Lou Hamer e dos membros sobreviventes do Partido Democrata da Liberdade do Mississippi. Pelo que nos deram, agradecemos.

O coração humano é tão delicado e sensível que sempre precisa de algum encorajamento tangível que o impeça de vacilar em sua tarefa. O coração humano é tão robusto, tão forte, que, uma vez encorajado, marca seu ritmo com uma insistência enfática e inabalável. Uma coisa que encoraja o coração é a música.

Ao longo das eras, criamos canções para nos inspirar e nos ajudar a seguir em frente. Nós, norte-americanos, criamos música para estimular os corações e inspirar a alma de pessoas por todo o mundo.

Fannie Lou Hamer sabia que era uma mulher, e apenas uma mulher. Entretanto, sabia que era uma americana, e como americana ela tinha uma luz para fazer brilhar na escuridão do racismo. Era uma luz pequena, mas ela a dirigiu diretamente para as trevas da ignorância.

A música favorita de Fannie Lou Hamer era simples, e todos nós a conhecemos. Nós, norte-americanos, a cantamos desde a infância...

This little light of mine,
I'm going to let it shine,
Let it shine,
Let it shine,
Let it shine.
(Esta minha luz pequenina,
Vou deixar brilhar,
Deixar brilhar,
Deixar brilhar,
Deixar brilhar.)

15

Senegal

Samia era uma famosa atriz do Senegal que usava roupas esvoaçantes e charmosas. Encontrei-a numa viagem a Paris. Ela e seu marido francês, Pierre, eram membros de um grupo de artistas e intelectuais que bebiam tonéis de vinho barato e discutiam a respeito de tudo e de todos, de Nietzsche a James Baldwin.

Encaixei-me confortavelmente naquela confraria parisiense. Éramos todos orgulhosos de nossa juventude, de nosso talento e de nossa inteligência, como se tivéssemos, nós mesmos, criado esses dons para nós.

Samia disse que ela e seu marido passavam a maior parte do ano em Dacar, capital do Senegal, e que eu sempre seria bem-vinda em sua casa. Anos se passaram antes que eu visitasse o Senegal, mas o número de telefone que eles me deram ainda funcionava. Fui convidada para jantar.

Entrei numa sala de visitas com belos móveis e o som de pessoas rindo e copos tilintando com gelo. Os convidados estavam integrados. Tanto europeus quanto africanos aproveitavam uma festa animada. Samia apresentou-me a um pequeno grupo perto da porta e fiquei conversando com eles até que um empregado me ofereceu uma bebida.

Andei de grupo em grupo. A língua materna de Samia era o serer, que eu não falava, e o sotaque senegalês fazia com que o francês falado por ela fosse, para mim, difícil de compreender. Passei por uma porta aberta onde as pessoas estavam de pé perto da parede, com cuidado para não pisar no belo tapete oriental que havia no centro da sala.

Eu tinha conhecido uma mulher no Egito que não permitia que seus empregados andassem sobre os tapetes, dizendo que apenas ela, sua família e seus amigos gastariam seus caros tapetes. Samia caiu no meu conceito. Era óbvio que ela havia informado seus convidados de que não seriam bem-vistos se pisassem em seu tapete. Fiquei pensando que palavras alguém usaria para dizer a um convidado como se comportar. Resolvi descobrir.

Entrei na sala e, sob o pretexto de querer olhar mais de perto alguns quadros na parede, andei pelo meio do tapete, depois me virei e andei de volta até outro quadro. Devo ter pisado no tapete quatro ou cinco vezes. Os convidados agrupados nos espaços ao redor me deram sorrisos amarelos. Eles deveriam ser encorajados a admitir que tapetes são feitos para se andar sobre.

Uma mulher senegalesa num traje de brocado branco sorriu para mim e começou a conversar. Era escritora, e falamos sobre livros. Fiquei tão interessada que quase perdi a cena seguinte. Duas empregadas vieram e enrolaram o tapete sobre o qual eu havia andado e o levaram embora. Voltaram logo depois com outro, tão bonito quanto o primeiro. Esticaram-no e o bateram até que ficasse macio.

Colocaram então copos sobre ele e grandes colheres de servir, guardanapos dobrados e talheres de prata, vinho e jarras com água. No final, uma tigela com arroz e galinha fumegantes foi posta sobre o tapete.

Samia e Pierre apareceram e, batendo palmas, pediram atenção. Samia anunciou que estavam servindo o prato mais popular do Senegal, "Yassah, para nossa irmã da América". Acenou para mim e disse: "Para Maya Angelou", acrescentando: "Vamos sentar?"

Todos os convidados sentaram-se no chão. Meu rosto e meu pescoço queimavam. Felizmente, por causa de minha pele cor de chocolate, as pessoas não sabiam que eu estava ardendo de vergonha. Eu, a esperta e tão digna Maya Angelou, tinha andado para cima e para baixo sobre a toalha de mesa.

Sentei-me, mas engolir foi bastante difícil. A comida tinha de abrir caminho à força por entre aquele nó de constrangimento.

Numa cultura que não nos é familiar, é sábio não propor inovações, sugestões ou lições.

O epítome da sofisticação é a absoluta simplicidade.

16

A eterna tela prateada

Muitos anos se passaram desde que o American Film Institute prestou tributo a William Wyler, um dos mais prolíficos e prestigiados diretores de Hollywood. Como membro do conselho, fui convidada a participar da cerimônia. Eu deveria fazer uma simples introdução. É claro que fiquei envaidecida com o convite e aceitei.

O evento, sediado no aristocrático hotel Century Plaza, contou com a presença dos mais famosos e glamorosos atores e atrizes da época. Fred Astaire estava lá, assim como Audrey Hepburn e Gregory Peck. Walter Pidgeon, Greer Garson, Henry Fonda e Charlton Heston brilhavam na plateia. Sentei-me trêmula a uma das mesas e passei os olhos pela sala. Lá estavam alguns dos rostos que formaram minhas ideias de romance, dignidade e justiça. Aquelas pessoas, na tela prateada, demonstravam graça, moralidade e beleza, cavalheirismo e coragem. Então, a imagem da sala de cinema segregada da minha pequena cidade no Arkansas flutuou pela minha consciência.

Todas as vezes que meu irmão e eu fomos à exibição de um filme, precisamos enfrentar os olhares hostis de adultos brancos, e, depois que chegávamos à bilheteria, pagávamos nossa entrada e nos apontavam rudemente uma sacolejante escada externa que levava ao balcão (chamado de "poleiro dos nojentos") restrito aos frequentadores negros.

Lá nos sentávamos, com os joelhos no queixo, no espaço limitado, nossos pés amassando papéis de bala jogados fora e outros detritos no chão. Ficávamos ali empoleirados e estudávamos como representar quando crescêssemos e nos tornássemos belos, ricos e brancos.

Anos se passaram, e agora eu me sentava no cintilante salão de baile do hotel, observando enquanto uma estrela de cinema atrás da outra surgia para prestar homenagem ao sr. Wyler. Velhas lembranças tinham me levado de volta aos dias de humilhação sulista. Quando meu nome foi chamado, todas as palavras de minha apresentação cuidadosamente preparada voaram para fora da minha cabeça, e fiquei de pé diante do microfone, olhando para os rostos famosos, furiosa por eles terem sido, ainda que sem querer, os agentes de meus antigos constrangimentos. A raiva engrossava minha língua e desacelerava meu cérebro. Só com a ajuda de um fenomenal exercício de controle fui capaz de me impedir de gritar: "Odeio vocês. Odeio vocês todos. Odeio vocês por causa de seu poder e sua fama, sua saúde e seu dinheiro, e seu reconhecimento." Acho que estava com medo de, se abrisse a boca, deixar escapar a verdade: "Amo vocês porque amo tudo o que vocês têm e tudo o que vocês são." Fiquei em pé, muda, diante da plateia de famosos. Depois de algumas tentativas de falar, gaguejei algumas palavras e saí da sala.

 Houve um boato — falso — de que eu havia tido um apagão provocado por drogas. Depois de uma reflexão a respeito desse doloroso incidente, lembrei-me do que o Arkansas me deu. Compreendi que nunca poderei me esquecer de onde venho. Minha alma sempre olhará para trás e se maravilhará com as montanhas que escalei, os rios que atravessei e os desafios que ainda me esperam pela estrada. Essa compreensão me fortalece.

17

Em legítima defesa

Há pouco tempo, tive um encontro com quatro produtores de televisão que queriam a minha permissão para produzir um conto escrito por mim.

Como geralmente acontece, a líder do grupo logo se destacou. Não havia dúvidas sobre quem mandava ali. A mulher era baixa, de sorriso fácil e voz aguda. Cada declaração que eu fazia ela replicava com sarcasmo. Não era cáustica o bastante para que eu a repreendesse, mas suficientemente oportuna para eu perceber que ela pretendia me pôr no meu lugar, evidentemente alguma posição abaixo da dela.

— Estou contente por termos nos encontrado neste restaurante, é um dos meus favoritos — disse a ela.

— Eu não vinha aqui há anos, mas lembro que, da última vez, estava tudo tão chato que parecia a casa de uma velha — respondeu ela. Olhou em volta, deu um sorriso afetado e continuou: — Não me parece nem um pouco melhor.

Depois da terceira vez que ela respondeu com sarcasmo às minhas declarações, perguntei:

— Por que você está fazendo isto?

— O quê? O que eu estou fazendo? — perguntou ela, num tom de voz doce e inocente.

— Você está me atacando sutilmente — respondi.

Ela riu e respondeu:

— Ah, não, eu só estava lhe mostrando que você não pode estar certa a respeito de tudo o tempo todo. Além disso, eu gosto de ter uma guerrinha de palavras. Isso aguça o espírito, e eu sou brutalmente franca.

Mantive as mãos no colo e trouxe o queixo para perto do peito. Ordenei a mim mesma que fosse gentil.

— Guerra de palavras? Você realmente quer me chamar para a arena para uma guerra de palavras? — perguntei a ela.

— Ah, eu quero, ah, eu quero, ah, eu quero! — respondeu ela, enfática.

— Não, eu não quero, mas vamos falar a respeito do assunto que nos trouxe aqui. Sua empresa quer a minha permissão para adaptar meu conto para a televisão. Tenho de dizer "não". Não concordo.

— Ainda nem fizemos nossa oferta — retrucou ela.

— Isso não tem importância. Sei muito bem que vocês não vão me oferecer um local tranquilo ou agradável para trabalhar. Não é como vocês trabalham, então sou obrigada a recusar qualquer oferta que possam fazer — respondi.

Pensei que deveria ter acrescentado: "Garanto-lhe que você não me quer como sua adversária, porque, quando me sinto ameaçada, luto para vencer, e nesse caso vou esquecer que sou trinta anos mais velha do que você, e tenho fama de ser passional. Então, depois da batalha, se eu percebesse que a tinha vencido, eu ficaria constrangida por ter trazido de volta toda a dor, toda a alegria, todo o medo e toda a glória que já vivi para triunfar sobre uma única mulher que não sabe que deveria tomar cuidado com quem desafia, e então eu não gostaria muito de mim mesma. E, se você levasse a melhor, eu ficaria arrasada e poderia começar a atirar coisas."

Nunca me orgulho de participar de atos violentos, mas ainda assim sei que todos nós devemos gostar de nós mesmos a ponto de estarmos prontos e sermos capazes de agir em legítima defesa quando e onde for necessário.

18

Sra. Coretta Scott King

Ao longo dos últimos anos, e mesmo nos últimos meses, eu me despedi com relutância de amigos que conhecia havia mais de quarenta anos. Amigos dos quais sinto falta, com quem aprendi a maioria das lições da vida, das mais agradáveis às mais dolorosas.

Ainda sinto falta de James Baldwin e Alex Haley e dos fins de semana cheios de conversas em voz alta, gritos, gargalhadas e lágrimas. Betty Shabazz está tão próxima de mim que me lembro da sua roupa na última vez em que fiz um jantar para ela. Tom Feelings e eu produzimos um livro juntos e ele fez um retrato de minha falecida mãe que está pendurado na parede do meu quarto. Falei com Ossie Davis poucos dias antes de sua morte e concordei em representá-los, a ele e sua mulher, Ruby Dee, num compromisso ao qual não poderiam comparecer, em Washington, D.C.

E recentemente dei adeus a Coretta Scott King, uma irmã de coração. Todos os anos, quando meu aniversário se aproxima, sou lembrada de que Martin Luther King foi assassinado nessa data, e todos os anos, nos últimos trinta anos, Coretta Scott King e eu mandamos flores ou cartões uma para a outra, ou nos falamos pelo telefone no dia 4 de abril.

Acho muito difícil deixar que um amigo ou alguém amado parta dessa para melhor. Respondo à heroica pergunta: "Morte, onde está teu ferrão?" com: "Está em meu coração, em minha mente e em minhas lembranças."

Sou tomada de doloroso terror pelo vácuo deixado pelos mortos. Para onde ela foi? Onde está ele agora? Será que estão, como disse o poeta James Weldon Johnson, "descansando no colo de Jesus"? Se é assim, o que acontece com meus amados judeus, meus queridos japoneses e meus adorados muçulmanos? Em que colo estão aninhados? Só encontro alívio para tais perguntas quando admito que não sou obrigada a saber tudo. Lembro a mim mesma que é o bastante saber o que sei, e que o que sei pode nem sempre ser verdade.

Quando me percebo cheia de raiva pela dor de um ser amado, tento o mais depressa possível me lembrar de que minhas preocupações e perguntas deveriam estar focalizadas no que aprendi ou no que ainda preciso aprender com meu amor que partiu. Que legado poderá me ajudar na arte de viver uma vida boa?

Aprendi a ser mais gentil,
A ser mais paciente,
E mais generosa,
Mais amorosa,
Mais disposta a rir
E mais capaz de aceitar lágrimas honestas?

Se eu aceitar esses legados de meus amores que partiram, posso dizer obrigada a eles por seu amor e obrigada a Deus por suas vidas.

19

Condolências

Por um momento breve demais no universo o véu foi erguido. O misterioso tornou-se conhecido. Perguntas encontraram respostas em algum lugar entre as estrelas. Testas franzidas se apaziguaram e pálpebras se fecharam sobre olhares havia muito fixos.

Seu ser amado ocupou o cosmos. Você acordou para os raios de sol e se aninhou para dormir ao luar. Toda a vida foi um presente revelado para você e desabrochando para você. Coros cantaram ao som de harpas, e seus pés se moveram ao ritmo de tambores ancestrais. Pois você estava consolando e sendo consolado pelos braços de seu amado.

Agora os dias se estendem à sua frente com a secura e a monotonia das dunas do deserto. E nesta estação de dor, nós que o amamos nos tornamos invisíveis para você. Nossas palavras afligem o ar vazio ao seu redor, e você não consegue ver sentido em nosso discurso.

Ainda assim, estamos aqui. Ainda estamos aqui. Nossos corações anseiam por consolá-lo.

Amamos você todos os dias.

Você não está só.

20

No vale da humildade

No início da década de 1970, fui convidada para falar na Wake Forest University, em Winston-Salem. A faculdade optara pela integração havia bem pouco tempo.

Eu disse a meu marido que aquela visita me interessava. Ele era empreiteiro e tinha acabado de assinar um grande contrato, portanto não poderia me acompanhar. Telefonei para uma grande amiga em Nova York. Dolly McPherson disse que me encontraria em Washington, D.C., e que poderíamos viajar juntas para o Sul.

Minha palestra foi bem-recebida na faculdade, e, antes que eu pudesse sair do prédio, os alunos foram ao meu encontro e me pediram que me reunisse com eles.

Fui com Dolly para o salão dos estudantes, no qual os alunos se amontoavam sobre sofás, cadeiras, bancos e almofadas no chão. Estavam claramente separados, com os alunos negros sentados na frente, num grupo à parte.

Não houve hesitação para que começassem as perguntas. Um rapaz branco disse:

— Tenho 19 anos, em breve serei um homem, mas, no sentido estrito da palavra, ainda sou um menino. Mas aquele cara ali — disse ele, apontando para um aluno negro — fica doido se eu o chamo de menino, e nós temos a mesma idade. Por quê?

— Ele está bem aqui, por que não perguntar a ele? — devolvi a pergunta, e acenei para o aluno negro.

Uma aluna negra disse:

— Frequentei uma boa escola de ensino médio, na qual me formei com louvor. Falo um bom inglês. Por que eles — perguntou ela, apontando para os alunos brancos — acham que preciso que eles falem comigo com um sotaque tão carregado que mal consigo entender?

Pedi a ela que me dissesse como eles falavam com ela.

— Eles dizem "Ei, tu aí, e daí, tchê? Que tal? Tudo na boa, tchê?"[2] — respondeu ela.

Ela falou com um sotaque sulista tão exagerado que todos riram.

— Eles estão bem aqui, por que você não pergunta a eles? — falei.

Quando eles começaram a falar uns com os outros, percebi que estava sendo usada como ponte. Os pais daqueles estudantes nunca conheceram uma linguagem comum que lhes permitisse falar de igual para igual, e agora seus filhos criavam uma forma que lhes permitiria manter

---

[2] No original: "Hey y'all, how y'all doin'? Y'all okay?" Optamos pela tradução com expressões do Sul do Brasil. (N. da T.)

diálogo. Sentei-me com eles até meia-noite, encorajando-os, instigando-os e estimulando-os a falar.

Quando me levantei, exausta, Tom Mullin, o decano da Wake Forest University, veio me fazer uma oferta:

— Dra. Angelou, se a senhora algum dia quiser se aposentar, será muito bem-vinda na Wake Forest University. Teremos muito prazer em lhe oferecer um lugar aqui.

Agradeci educadamente, sabendo que jamais moraria no Sul.

Na manhã seguinte, Dolly e eu fomos deixadas no aeroporto cedo o bastante para tomar café da manhã no restaurante local. Fomos levadas a uma mesa e pedimos café. Ficamos sentadas sem ser servidas por mais de meia hora. Percebi que éramos os únicos clientes negros no lugar.

— Irmã, prepare-se para ser presa, porque, se essas pessoas não quiserem nos servir, vou virar isso aqui de cabeça para baixo — disse eu a Dolly.

— Tudo bem, irmã — respondeu ela, calmamente.

Chamei a garçonete, uma moça branca e magricela, e disse:

— Minha irmã pediu uma omelete de queijo e eu pedi bacon com ovos há meia hora. Se você não quiser nos servir, aconselho-a a me dizer por que e depois chamar a polícia.

A moça tornou-se imediatamente solícita. Com seu sotaque macio da Carolina do Norte, ela disse:

— Não, senhora, não é isso, é que o chefe ficou sem milho. Ele não pode servir o café da manhã sem milho para o mingau. Veja, metade das pessoas deste lado ainda não estão comendo. Os mingaus ficarão prontos em mais ou menos dez minutos, e então eu vou servi-las.

Ela pronunciou a palavra "mingau" como se tivesse três sílabas: mi-in-gau.

Eu me senti mais idiota do que nunca. Meu rosto ficou quente e meu pescoço pegou fogo. Desculpei-me com a garçonete, e Dolly McPherson se controlou e não mencionou minha estupidez. Quando voltei para minha casa segura e para meu equilibrado marido, contei a todos sobre a faculdade, os alunos e a oferta. Não fiz qualquer referência ao drama do aeroporto.

Eu estava casada com Paul DuFeu, um empreiteiro, escritor e cartunista popular na Inglaterra. Dois dias depois de nosso primeiro encontro soubemos que estávamos apaixonados um pelo outro e que precisávamos viver juntos.

Por dez anos nós nos surpreendemos, divertimos, irritamos e apoiamos um ao outro. De repente, uma nuvem de tempestade ameaçou aquele clima ensolarado de amor. Minhas dúvidas o aborreciam; meu marido admitiu que ficara cansado da monogamia e que precisava de mais novidade em sua vida.

Nós nos separamos um pouco antes de uma de minhas turnês nacionais de palestras. Como ele era construtor e seu negócio ficava sediado na Carolina do Norte, decidi lhe dar de presente São Francisco e suas pontes e colinas, seus restaurantes gastronômicos e a linda vista da baía.

O divórcio, como todos os outros ritos de passagem, nos apresenta novas paisagens, novos ritmos, novos rostos e lugares e às vezes novas raças.

Cumpri minha agenda de palestras pelo país, enquanto, ao mesmo tempo, procurava um lugar seguro e agradável para me instalar. Como escritora, eu deveria ser capaz de pegar meus blocos amarelos, minhas canetas, o dicionário da Random House, o Roget's Thesaurus, a Bíblia do rei James, um baralho e uma garrafa de bom licor e escrever em qualquer lugar. Denver, no Colorado, era bonito, mas fazia frio demais e, embora vivam lá alguns negros, latinos e americanos nativos, a cidade em si não estava integrada. Avaliei Chattanooga, no Tennessee, mas grande parte de sua população ainda estava ativamente envolvida com o lado confederado na infindável Guerra Civil.

Outras cidades que visitei eram grandes demais ou pequenas e limitadas demais. Cambridge, em Massachusetts, parecia ter tudo o que eu queria: história, universidades, mistura de raças, grandes livrarias, igrejas e lugares para festejar nas noites de sábado. Só Winston-Salem, na Carolina do Norte, com todos os mesmos requisitos, empatava com Cambridge. Visitei duas vezes ambas as cidades.

Finalmente descartei Cambridge, porque sou uma mulher do Sul que não sabe esquiar e todo ano Cambridge tem mais neve do que me deixaria confortável.

Depois de me instalar em Winston-Salem, o dr. Ed Wilson, diretor da universidade, e o dr. Tom Mullin, que dez anos antes havia me oferecido um cargo, vieram a mim e me ofereceram uma cátedra vitalícia. Agradeci e lhes disse que a assumiria por um ano, para ver se eu gostava de lecionar e, na verdade, se eu gostava de Winston-Salem.

Com três meses de ensino, tive uma enorme revelação: percebi que eu não era uma escritora que ensina, e sim uma professora que escreve.

Em visitas anteriores à Carolina do Norte, eu ficara amiga da diretora do departamento de inglês, Elizabeth Phillips, e de outros membros do corpo docente. À tarde, antes do jantar, ou mais cedo, depois do almoço, perguntava-lhes coisas que me deixavam confusa. Eu precisava saber como eles haviam aceitado a ideia de segregação. Eles realmente acreditavam que pessoas negras fossem inferiores às brancas? Achavam que os negros nasciam com uma doença contagiosa que fazia com que fosse perigoso sentar-se ao nosso lado em ônibus, ao mesmo tempo que nos deixavam cozinhar sua comida e até amamentar seus bebês?

Fiquei animada ao ouvir meus novos colegas me responderem com franqueza, honestidade, constrangimento e algum arrependimento:

— Na verdade nunca pensei a respeito. Tem sido sempre assim, e parecia ser assim para sempre.

— Eu já pensei sobre isso, mas não achei que houvesse algo que eu pudesse fazer para mudar essa situação.

— Quando os jovens negros protestaram, sentando-se no balcão da loja 5 & Dime, em Greensboro, senti muito orgulho. Lembro-me de desejar ser negra para poder me juntar a eles.

Gostasse ou não, eu tinha de admitir que compreendia o sentimento de impotência de meus colegas. Suas respostas confirmaram minha crença de que a coragem é a mais importante de todas as virtudes. Pensei que, se eu fosse branca, também poderia ter assumido a posição de não resistência durante os anos de segregação.

Comecei a corrigir isso quando me instalei em Winston-Salem. A paisagem sinuosa é coberta de árvores floridas, olaias, murtas e rododendros de quase dois metros de altura. Azáleas com mais de um metro de largura crescem selvagens e maravilhosas por toda parte.

Winston-Salem fica no Piedmont, isto é, literalmente ao pé das montanhas. As montanhas em que nos apoiamos são as Great Smokies e a Blue Ridge. Gosto do humor da Carolina do Norte. Os nativos dizem que nosso estado é o vale da humildade, dominado por duas torres de presunção, Virgínia e Carolina do Sul.

Fiquei feliz por encontrar bons museus, excelentes igrejas com ótimos coros e uma escola de artes de primeira classe, que fornecia astros para as peças da Broadway e um violinista para a Orquestra Sinfônica de Nova York.

Apaixonei-me pelo sotaque levemente cantado dos nativos e pelo seu jeito criativo de falar inglês. No supermercado, a caixa me perguntou o que eu achava de Winston-Salem.

— Eu gosto daqui, mas faz muito calor. Não sei se vou conseguir suportar — respondi.

— É, dra. Angelou, mas quando ele acaba, acaba mesmo — respondeu ela, sem interromper o ritmo de somar minhas compras.

Encontrei e comecei a frequentar a Igreja Batista de Mt. Zion, com seus grandes coros e seu dedicado pastor. Perto dali fica o principal hospital-escola da cidade. Uma de minhas colegas concentrou seu interesse em Emily Dickinson e outra na poesia europeia dos séculos XVIII e XIX, o que significava que eu podia encontrar amigos para discutir poesia, um de meus assuntos favoritos.

Winston-Salem não deixa de apresentar dificuldades. O racismo ainda rosna por trás de rostos sorridentes, e, em alguns círculos, as mulheres ainda são consideradas convenientemente bonitas. Meu falecido amigo John O. Killens me disse uma vez: "Macon, na Geórgia, é o Sul de baixo. Nova York é o Sul de cima."

A ignorância absoluta pode ser encontrada onde quer que se escolha viver.

Anne Spencer, a grande poetisa afro-americana do século XX e do final do XIX, amava a Virgínia e amava Robert Browning. Ela escreveu o poema "Life-Long, Poor Browning" (Vida longa, pobre Browning): "A Virgínia é o paraíso quando o ano chega à primavera."

Pode ser que seja assim na Virgínia. Sei que é assim na Carolina do Norte e em Winston-Salem em particular.

21

Espírito nacional

Nas últimas quatro décadas, nosso espírito nacional e nossa alegria natural retrocederam. Nossas expectativas para a nação se reduziram. Nossa esperança para o futuro caiu a tal ponto que nos arriscamos a zombarias e risos desdenhosos quando confessamos que temos esperança em um amanhã mais iluminado.

Como chegamos, tão tarde e sozinhos, a este ponto? Quando desistimos de nossa aspiração por altos valores morais em prol dos que enchem nossa paisagem nacional de acusações vulgares e especulações grosseiras?

Não somos o mesmo povo que entrou numa guerra na Europa para erradicar uma ameaça ariana de morte para toda uma raça? Não trabalhamos, oramos e planejamos criar um mundo melhor? Não somos os mesmos cidadãos que lutaram, marcharam e foram para a cadeia a fim de eliminar o racismo legalizado de nosso país? Não sonhamos com um país em que a liberdade fizesse parte da consciência nacional e em que o objetivo fosse a dignidade?

Precisamos insistir em que homens e mulheres que pretendam nos liderar reconheçam os verdadeiros desejos dos que estão sendo liderados. Não escolhemos ser rebanho num prédio ardendo em ódio nem num sistema repleto de intolerância.

Os políticos precisam ajustar seus objetivos para o que há de melhor em termos de valores, e, de acordo com nossas diversas tendências — democratas, republicanas, independentes —, nós os seguiremos.

Os políticos precisam ouvir que, se continuarem a se afundar na lama da obscenidade, seguirão sozinhos.

Se tolerarmos a vulgaridade, nosso futuro vai balançar e cair sob o fardo da ignorância. É preciso mudar. É inevitável. Temos cérebro e coração para enfrentar com coragem nosso futuro. Sendo responsáveis pelo tempo que temos e pelo espaço que ocupamos. Para respeitar nossos ancestrais e no interesse de nossos descendentes, precisamos nos apresentar como americanos bem-intencionados, corteses e corajosos.

Agora.

22
Recuperando as raízes sulistas

Após gerações de separação e décadas de negligência, a menção ao Sul traz de volta às nossas lembranças os antigos anos de dor e prazer. Na virada do século XX, muitos afro-americanos deixaram as cidades sulistas, deixaram o esmagador preconceito e as proibições e se mudaram para o Norte, para Chicago e Nova York, ou para o Oeste, para Los Angeles e San Diego.

Foram atraídos pela sedutora promessa de vida melhor, de igualdade, lealdade, e da boa e velha liberdade americana de quatro estrelas. Suas expectativas foram imediatamente satisfeitas e ao mesmo tempo atiradas por terra e esfaceladas em cacos de desapontamento.

A sensação de satisfação decorreu do fato de que havia a oportunidade de trocar o monótono trabalho agrícola de sistema de cotas pelo trabalho protegido por acordos sindicalizados. Infelizmente, nos últimos trinta anos, o número desses empregos foi reduzido à medida que a indústria se tornou computadorizada e o trabalho foi mandado para outros países.

O clima que os imigrantes imaginaram ser livre de preconceito racial revelou-se discriminatório em aspectos diferentes dos sulistas e talvez até mais humilhantes.

Uma pequena porcentagem de negros altamente especializados e com curso superior subiu os degraus na escada do sucesso e neles se firmou. Trabalhadores negros sem especialidade e com pouca instrução foram cuspidos pelo sistema como sementes de melancia.

Eles começaram a ver sua vida depreciada e a se ver como pessoas sem importância. Muitos membros da primeira leva de peregrinos do século XX devem ter ansiado pela honestidade das paisagens sulistas, onde, mesmo que fossem alvo de semeadores de ódio que os queriam mortos, pelo menos tinham o mérito de estarem vivos. Os brancos do Norte, com seus sorrisos públicos de aceitação liberal e seu comportamento privado de rejeição absoluta, ofendiam e enraiveciam os imigrantes.

No entanto, eles ficaram, vivendo em grandes cortiços, amontoados em pequenas casas de cômodos e circulando pelas ruas cruéis e, logo, criminosas. Criaram filhos que todos os verões eram mandados para o sul, a fim de visitar avós, primos de primeiro grau, primos distantes e outros parentes. Esses filhos cresceram, a maioria nas grandes cidades do Norte, com lembranças agora mortas de verões no Sul, peixes fritos, churrascos de sábado e a forma sulista gentil de educar. Essas são as pessoas que estão voltando ao Sul para morar. Muitas vezes descobrem que seus parentes sulistas morreram ou se mudaram para Detroit ou Cleveland, em Ohio. Elas ainda assim vão viver em Atlanta — "Vocês adoram Hotlanta?" —, uma cidade quente em todos os sentidos, e em Nova Orleans, logo aprendendo a chamar a cidade histórica com a mesma pronúncia usada pelos nativos: "N'awlins".

Elas voltam para o Sul a fim de encontrar ou criar lugares para si na terra de seus antepassados. Fazem amigos à sombra das árvores que seus ancestrais deixaram lá décadas antes. Muitos se sentem felizes, mesmo sem serem capazes de explicar sua emoção. Acredito que seja só porque se sentem importantes de forma geral. Os temas do Sul vão do amor generoso e luxurioso ao ódio cruel e amargo, mas ninguém pode jamais afirmar que o Sul é insignificante ou indiferente. Mesmo na pequena Stamps, no Arkansas, as pessoas negras andam com um ar que indica que "quando eu entro num lugar, eles podem gostar ou não de mim, mas todos sabem que estou ali".

23

Sobrevivendo

Onde os ventos do desapontamento
levaram ao chão a casa dos meus sonhos
e a raiva, como um polvo, enrolou seus tentáculos em
                                             [minha alma
eu parei. Parei em minhas pegadas
e procurei uma coisa que pudesse
me curar.
Encontrei na minha memória
um rosto de criança
qualquer rosto de criança
olhando para um brinquedo desejado
com suave surpresa
um rosto de criança
com esperança e expectativa nos olhos

No instante em que percebo estar olhando para um rosto
suave de juventude e inocência, sou arrancada
das sombras e do desespero e levada para o agradável clima
da esperança.

*A cada vez que minha busca pelo amor verdadeiro
me leva aos portões do inferno
onde Satã aguarda de braços abertos
imagino o riso de mulheres amigas,
cujo som tilinta como amuletos de vento
impelidos por uma brisa instigante
lembro-me da gargalhada enérgica de homens felizes e
meus pés, sem pressa e com intenção,
movem-se para além dos ameaçadores portões abertos
para uma área a salvo do mal do coração partido*

*Sou um construtor
Às vezes construí bem, mas muitas vezes
construí sem pesquisar o solo
sobre o qual coloquei meu edifício
ergui uma bela casa
e nela vivi por um ano
então ela aos poucos foi levada pelas marés
porque armei suas fundações
sobre areia movediça*

*Outra vez erigi uma
mansão, as janelas brilhantes
como espelhos
e das paredes pendendo
rica tapeçaria, mas
a terra tremeu com um*

*leve abalo, e as paredes ruíram, os chãos se abriram
e meu castelo se desfez em cacos ao redor de meus pés*

*O pêndulo emocional dos fatos e a impermanência
da construção ecoam as formas do amor agonizante.*

*Descobri que o afeto platônico
das amizades e o amor familiar
pelas crianças podem ser confiáveis
para com certeza erguer a alma alquebrada
e consertar o espírito fétido
e para mim acabou-se o
romance erótico.*

Até que...

24

Saudação aos amantes mais velhos

Uma amiga de 65 anos casou-se há pouco tempo com um homem de 52. Na cerimônia, havia vários rostos com expressões de desaprovação. O que ele pretendia, casando-se com ela? Será que não existiam mulheres adequadas, três ou quatro anos mais novas do que ele? Em dez anos, a osteoporose curvará as costas dela sem que carregue qualquer peso, e a artrite desfigurará suas mãos. Se ela não conseguiu encontrar um marido quando era mais moça, deveria ter simplesmente desistido, se conformado e se entregado à velhice e à solidão.

E o que eu acho disso? Digo: "Eu louvo os amantes e me comovo com eles, e sou encorajada pela sua coragem e inspirada por sua paixão."

Vim falar de amor
de seus vales e suas colinas
seus tremores, calafrios e emoções
Vim dizer que amo o amor

e amo amar o amor
e, sem dúvida, amo

os bravos e resolutos corações
que têm coragem de amar.
Hoje, esses amantes
quebraram os grilhões da timidez
e deram um passo
diante de todos para dizer:
    "Vejam-nos, família e amigos,
    não negando os anos
    que marcaram nossos corpos
    nem os votos quebrados no passado
    que queimaram nossas almas.
    Vocês podem pensar que este compromisso
    Deveria ser deixado para corações mais jovens
    Mas o amor nos deu a coragem de penetrar
    com entusiasmo o sagrado país do
    matrimônio, admitindo nossas rugas,
    nós lhes permitimos
    mostrar-se com bravura
    e nossos ossos conhecem o peso
    dos anos.
    Ainda assim ousamos
    olhar de cima a solidão
    e abraçar a
    inspiradora comunhão

*encontrada num bom casamento.
Temos coragem e esperança."*

Eles são abençoados pelo amor e cada um de nós, para quem brilha a luz do seu amor, se torna mais rico.

Obrigada, Amantes.

25

Endereço de início

E agora começa o trabalho
E agora começa a alegria
Agora os anos de preparo
De tedioso estudo e
Excitante aprendizado
se explicam.

A miscelânea de palavras e
O emaranhado de grandes e pequenas ideias
Começam a se organizar e
Esta manhã vocês podem ver
Uma pequena porção do grande
Plano para o seu futuro.

Suas horas de dedicação,
As esperanças de seus pais
E o esforço de seus mestres
Trouxeram, todos, este momento
Até suas mãos.

*Hoje, vocês são princesas e príncipes
Da manhã.
Senhoras e Senhores do verão
Vocês mostraram a mais
Notável de todas as virtudes
Pois hoje, quando se sentam
Cobertos por vestes merecidas,
Literal ou figurativamente,
Vejo-os repletos de coragem.
Pois embora vocês possam todos
Ser brilhantes, intelectualmente astutos,
Vocês precisaram de coragem
Para chegar a este momento.
Vocês podem ser,*

*Como são muitas vezes descritos,
Privilegiados, o que é claro que significa
Ricos, ou podem ter nascido numa permanente luta
                              [com a necessidade.
Em ambos os casos, vocês precisaram desenvolver
Uma excepcional coragem para*

*Criar este momento.
De todos os seus atributos, juventude,
Beleza, graça, gentileza, compaixão,
Coragem é a sua maior
Conquista,
Porque vocês, sem ela, não podem praticar*

Qualquer outra virtude com consistência.
E agora que vocês mostraram
Que são capazes de fabricar
Essa tão admirável virtude,

Devem estar se perguntando
O que fazer com ela.
Estejam certos de que essa pergunta
Está na mente dos
Mais velhos que vocês, de seus pais e de estranhos
Que não sabem seus nomes,
De seus colegas que,
No próximo ano, ou nos anos seguintes,
Se sentarão, de toga e chapéu de borlas
Onde vocês se sentam hoje,
E farão a pergunta:
O que você vai fazer?
Há um adágio africano

Adequado à sua situação.

É ele: "O problema do
Ladrão não é como roubar o clarim
do Chefe, e sim onde tocá-lo."

Vocês estão preparados para trabalhar
Para tornar este país, nosso país,

Melhor do que ele é hoje?
Porque este é o trabalho a ser feito.
Esta é a razão pela qual vocês
Trabalharam duro, de seus sacrifícios
De energia e tempo,
Do dinheiro que seus pais
Ou o governo pagaram
Para que vocês pudessem transformar seu
País e seu mundo.

Olhem além de seus chapéus com borlas
E verão injustiça.
Na ponta de seus dedos
Encontrarão crueldades,
Ódio irracional, dor entranhada
E aterradora solidão.
Aí está o seu trabalho.

Façam diferença
Usem esse diploma que
Conquistaram para propagar
A virtude em seu mundo.

Seu povo, todos os povos,
Esperam que vocês sejam
Os que farão isso.

A tarefa é árdua,
A necessidade, imensa.
Mas vocês podem enfrentar.
Pois vocês sabem que já
Demonstraram ter coragem.
E tenham em mente que
Uma pessoa com boas intenções
Pode constituir a maioria.

Já que a vida é nosso bem mais precioso
E como só podemos viver uma vez,
Vivamos então de modo a não vir a lamentar
Anos de inutilidade e inércia

Vocês ficarão surpresos como, com o tempo,
Os dias de pesquisas enfadonhas
E as noites viradas antes das provas
Serão esquecidos.

Ficarão surpresos como esses anos de
Noites insones e meses de dias desconfortáveis
Farão parte de
Um lugar diferente chamado de
"Os bons tempos". E vocês não serão
Capazes de visitá-lo nem mesmo com um convite
Sendo assim, vocês precisam aceitar sua própria
[existência.

Vocês estão preparados
Saiam e transformem o seu mundo

Sejam bem-vindos à sua formatura.
Parabéns

26

Poesia

*Para abrir meus braços
Diante do sol,
Dançar! Girar! Girar!
Até que se vá o rápido dia.
Descanso na pálida tarde...
Uma árvore alta e magra...
Noite vindo ternamente
Negra como eu.*
(publicado em *The Collected Poems of Langston Hughes* [Coletânea de poemas de Langston Hughes], Alfred A. Knopf & Vintage Press)

Se poetas africanos e muitos afro-americanos têm um tema, ele com certeza é: "Não gostariam todos de ser... negros como eu?" Poetas negros têm prazer com sua cor, mergulhando fundo na negritude as palmas das mãos rosadas e cerimoniosamente pintando-se com o substrato de sua ancestralidade.

Há um florescer de orgulho em obras que podem deixar boquiaberto o leitor europeu. Como pode a exaltação ser extraída da degradação? Como pode o êxtase ser arrancado do encarceramento provocado pela brutalidade? O que podem os rejeitados pela sociedade encontrar dentro de si para valorizar?

Aimé Césaire, falando dos africanos, escreveu:

Os que não inventaram a pólvora ou a bússola
Os que nunca souberam como dominar a energia ou
a eletricidade
Os que não exploram os mares ou o céu
Mas sem os quais a Terra não seria
Terra...
Minha negritude não é uma pedra, sua surdez gritou
contra
O clamor do dia;
Minha negritude não é uma mancha de água morta no
olho morto da Terra,
Minha negritude não é torre ou catedral...
Ela perfura o abatimento opaco com sua
paciência.

(publicado em *Return to My Native Land* [Volta à minha terra natal], Bloodaxe Books)

Césaire escrevia com o mesmo espírito que inspirou o poeta americano negro Melvin B. Tolson quando escreveu:

Ninguém na Terra pode dizer
A nós homens negros Hoje:
Vocês enganam os pobres com lendas de andrajos e riquezas,
E deixam aos trabalhadores marmitas vazias.
Ninguém na Terra pode dizer
A nós homens negros Hoje:
Vocês mandam tanques que cospem chamas,
Como enxames de moscas
E arrancam o inferno dos céus que dinamitam.
Vocês enchem cidades metralhadas de mortos podres —
Uma Terra de Ninguém onde as crianças choram por pão.

(publicado em *The Negro Caravan* [A caravana negra], Citadel Press)

Mari Evans deu voz aos afro-americanos em geral e às mulheres em particular em seu poema "I Am a Black Woman" (Eu sou uma mulher negra):

Eu
sou uma mulher negra
alta como um cipreste
forte
além de qualquer definição ainda
desafiando lugar
e tempo
e circunstância

>   *agredida*
>   *inacessível*
>   *indestrutível*
> *Olhe*
>   *para mim e*
> *renove-se*

(publicado em *I Am a Black Woman* [Eu sou uma mulher negra], William Morrow & Co.)

A exposição da opressão dos poetas da negritude, na verdade, inspirou-se nos escritores do Renascimento do Harlem. Os poetas negros americanos proclamaram sua condição negra, levando sua cor como divisas para o mundo literário branco. Quando o poema "I've Known Rivers" (Conheci rios), de Langston Hugues, tornou-se o grito de guerra para que os negros americanos se orgulhassem de sua cor, a reverberação dessa atitude alcançou os africanos nas então colônias francesas e britânicas.

"Strong Men" (Homens fortes), de Sterling A. Brown, deve ter tido um efeito salutar sobre os poetas africanos:

> *Eles os roubaram da Terra Natal*
> *Eles os trouxeram agrilhoados*
> *Eles os venderam*
> *Eles os açoitaram*
> *Eles os marcaram a fogo*

Eles fizeram de suas mulheres reprodutoras
Eles aumentaram seu número com bastardos.

Vocês cantaram: "Continuem avançando como um verme de uma polegada"
Vocês cantaram: "Andem juntas, crianças... Não se deixem abater"

Os homens fortes continuaram a avançar
Os homens fortes ficaram mais fortes
(publicado em *The Negro Caravan*)

Esse poema, assim como "White Houses" (Casas brancas), de Claude McKay, e "Heritage" (Herança), de Countee Cullen, foi um farol para os poetas africanos colonizados. Os africanos no Caribe e na África tinham muito em comum com seus companheiros negros americanos. Tinham a árdua tarefa de escrever, em linguagem colonial, poesia que se opusesse ao colonialismo. Isso é o mesmo que dizer que precisavam usar a artilharia do inimigo para diminuir o poder do inimigo. Eles queriam ir mais longe; esperavam, com eloquência e paixão, trazer o inimigo para seu lado.

A esperança ainda vive. Ela pode ser ouvida no poema "I, Too, Sing America" (Eu, também, canto a América), de Langston Hughes.

Eu, também, canto a América.
Eu sou o irmão mais escuro.
Mandaram-me comer na cozinha
Quando chega visita,
Mas eu rio,
E como bem,
E cresço forte.

Amanhã,
Estarei na mesa,
Quando chegar visita.
Ninguém ousará
Me dizer:
"Vá comer na cozinha",
Então.

Além disso,
Eles verão como sou belo
E sentirão vergonha...
Eu, também, sou a América.
   (publicado em *The Collected Poems of Langston Hughes*, Alfred A. Knopf & Vintage Press)

27

Mt. Zion

Em São Francisco, tornei-me uma agnóstica sofisticada e atuante. Não que eu tivesse deixado de acreditar em Deus; era que Deus não parecia estar presente nos ambientes que eu frequentava.

E então um professor de voz me apresentou a *Lessons in Truth* (Lições sobre a verdade), publicado pela Unity School of Practical Christianity.

Frederick Wilkerson, o professor de voz, contava, entre seus alunos, com cantores de ópera, cantores de boates, artistas famosos e apresentadores de cabarés.

Uma vez por mês ele nos convidava para nos reunirmos e lermos *Lessons in Truth*.

Numa leitura, os outros alunos, que eram todos brancos, o professor e eu nos sentamos em círculo. O sr. Wilkerson me pediu que lesse um trecho que terminava com as palavras "Deus me ama". Li o trecho e fechei o livro. O professor disse: "Leia de novo." Prontamente abri o livro e, com algum sarcasmo, li: "Deus me ama." O sr. Wilkerson disse: "De novo." Perguntei-me se eu estaria sendo escolhida como alvo da zombaria do grupo de profissionais, mais velhos e brancos. Depois da sétima repetição, comecei a ficar nervosa e achei que poderia haver alguma verdade na afirmação. Havia uma possibilidade de que Deus realmente me amasse, a mim, Maya Angelou. De repente comecei a chorar com a seriedade e a grandeza de tudo aquilo. Eu sabia que, se Deus me amasse, então eu poderia fazer coisas maravilhosas, poderia tentar grandes feitos, aprender qualquer coisa, realizar qualquer coisa. Pois o que poderia ficar contra mim, já que uma pessoa com Deus constitui a maioria?

Esse conhecimento me deixa hoje mais humilde, dissolve meus ossos, fecha meus ouvidos e faz com que meus dentes se embalem suavemente em minhas gengivas. E também me liberta. Sou um grande pássaro voando sobre altas montanhas, mergulhando em vales serenos. Sou marolas em mares prateados. Sou uma folha primaveril estremecendo de ansiedade pelo crescimento futuro.

Com gratidão, sou membro e gozo das boas graças da Igreja Batista de Mt. Zion, em Winston-Salem, na Carolina do Norte. Estou sob a proteção da Igreja Batista Metropolitana em Washington, D.C., e sou membro ativo do Glide Memorial da Igreja Metodista de São Francisco, na Califórnia.

Em todas as instituições, procuro estar presente e ser responsável por tudo o que faço e deixei de fazer. Sei que em algum momento deverei estar presente e ser responsável perante Deus. Não quero ser considerada omissa.

28

Manter a fé

Muitas coisas continuam a me surpreender, mesmo em minha sétima década de vida. Fico estarrecida, ou pelo menos confusa, quando as pessoas se dirigem a mim e, sem que eu pergunte, me informam que são cristãs. Minha primeira resposta é a pergunta: "Já?"

Parece-me que se tornar cristão é tarefa para toda uma vida. Acredito que isso também seja verdade para quem queira se tornar budista, muçulmano, judeu, jainista ou taoista. Quem se empenha em viver seus credos religiosos sabe que a situação idílica não pode ser alcançada e mantida para sempre. É na própria busca que se encontra o êxtase.

A Depressão, que tornou a sobrevivência difícil para todos, foi especialmente dura para uma mulher negra e solteira nos estados do Sul que sustentava um filho adulto inválido e criava dois netos pequenos.

Uma das lembranças mais antigas que tenho de minha avó, que era chamada de "Mamma", é um vislumbre daquela mulher alta e cor de canela com uma voz grave e terna, parada no ar a milhares de metros de altura sem nada visível debaixo dela.

Sempre que tinha um desafio a enfrentar, Mamma cruzava as mãos atrás das costas, olhava para cima como se pudesse ver a si mesma no céu e empertigava-se em todo o seu 1,82m de altura. Dizia à sua família, em particular, e ao mundo, em geral: "Não sei como encontrar as coisas de que precisamos, mas vou trilhar os caminhos da palavra de Deus. Estou tentando ser uma cristã e vou apenas trilhar os caminhos da palavra de Deus." Na mesma hora, eu podia vê-la se lançando ao espaço, luas a seus pés e estrelas em sua cabeça, cometas girando ao redor de seus ombros. Naturalmente, como ela tinha mais de 1,80m e ficava em pé sobre a palavra de Deus, ela era uma gigante no céu. Não era difícil, para mim, considerar Mamma poderosa, porque ela tinha a palavra de Deus sob seus pés.

Pensando mais tarde a respeito de minha avó, escrevi uma canção gospel que tem sido cantada com entusiasmo pelo coro da Mississippi Mass:

> *Você me disse para me apoiar em Seu ombro*
> *E estou me apoiando*
> *Você me disse para confiar em Seu amor*
> *E estou confiando*
> *Você me disse para chamar Seu nome*
> *E estou chamando*
> *Estou trilhando o caminho da Sua palavra.*

Sempre que começo a questionar se Deus existe, olho para o céu, e com certeza ali, bem ali, entre o Sol e a Lua, está minha avó, cantando um longo hino, algo entre um lamento e uma canção de ninar, e eu sei que a fé é a prova das coisas não vistas.

E tudo o que tenho a fazer é continuar tentando ser cristã.

Direção editorial
Daniele Cajueiro

Editora responsável
Ana Carla Sousa

Produção editorial
Adriana Torres
Carolina Rodrigues

Revisão
Thais Entriel

Projeto gráfico de miolo e diagramação
Futura

Este livro foi impresso em 2024, pela Vozes,
para a Nova Fronteira.
O papel do miolo é avena 70g/m^2
e o da capa é cartão 250g/m^2.